la Mecánica del Corazón

Mathias Malzieu

la Mecánica del Corazón

Traducción de
Vicenç Tuset

RESERVOIR BOOKS
MONDADORI

La mecánica del corazón

Título original: *La Mécanique du Coeur*

Primera edición en México: enero, 2010
Primera edición en Estados Unidos: abril, 2010

D. R. © 2007, Flammarion

D. R. © 2007, Mathias Malzieu

D. R. © 2009, Vicenç Tuset Mayoral, por la traducción

D. R. © 2009, de la presente edición para todo el mundo:
Random House Mondadori, S. A.
Travessera de Gràcia, 47-49. 08021 Barcelona

D. R. © 2010, derechos de edición mundiales en lengua castellana:
Random House Mondadori, S. A. de C. V.
Av. Homero núm. 544, col. Chapultepec Morales,
Delegación Miguel Hidalgo, 11570, México, D. F.

www.rhmx.com.mx

Comentarios sobre la edición y el contenido de este libro a:
literaria@rhmx.com.mx

ISBN 978-090-739-339-5

Impreso en México / *Printed in Mexico*

Distributed by Random House Inc.

Para ti Acacita,
que has hecho crecer este libro en mi vientre

Primero, no toques las agujas de tu corazón. Segundo, domina tu cólera. Tercero y más importante, no te enamores jamás de los jamases. Si no cumples estas normas, la gran aguja del reloj de tu corazón traspasará tu piel, tus huesos se fracturarán y la mecánica del corazón se estropeará de nuevo.

1

Nieva sobre Edimburgo el 16 de abril de 1874. Un frío gélido azota la ciudad. Los viejos especulan que podría tratarse del día más frío de la historia. Diríase que el sol ha desaparecido para siempre. El viento es cortante; los copos de nieve son más ligeros que el aire. ¡BLANCO! ¡BLANCO! ¡BLANCO! Explosión sorda. No se ve más que eso. Las casas parecen locomotoras de vapor, sus chimeneas desprenden un humo grisáceo que hace crepitar el cielo de acero.

Las pequeñas callejuelas de Edimburgo se metamorfosean. Las fuentes se transforman en jarrones helados que sujetan ramilletes de hielo. El viejo río se ha disfrazado de lago de azúcar glaseado y se extiende hasta el mar. Las olas resuenan como cristales rotos. La escarcha cae cubriendo de lentejuelas a los gatos. Los árboles parecen grandes hadas que visten camisón blanco, estiran sus ramas, bostezan a la luna y observan cómo derrapan los coches de caballos sobre los adoquines. El frío es tan intenso que los pájaros se congelan en pleno vuelo antes de caer estrellados contra el suelo. El sonido que emiten al fallecer es dulce, a pesar de que se trata del ruido de la muerte.

Es el día más frío de la historia. Y hoy es el día de mi nacimiento.

Esta historia tiene lugar en un vieja casa asentada sobre la cima de la montaña más alta de Edimburgo —Arthur's Seat—, colina de origen volcánico engastada en cuarzo azul. Cuenta la leyenda que fue el lugar elegido por el bueno del rey Arturo para contemplar la victoria de sus huestes y para, finalmente, descansar. El techo de la casa, muy afilado, se eleva hasta alcanzar el cielo. La chimenea, en forma de cuchillo de carnicero, apunta hacia las estrellas y la luna. Es un lugar inhóspito, apenas habitado por árboles.

El interior de la casa es todo de madera; parece un refugio esculpido dentro de un enorme abeto. Al entrar, uno tiene la sensación de hallarse en una cabaña: hay una gran variedad de vigas rugosas a la vista, pequeñas ventanas recicladas del cementerio de trenes, una mesa baja armada con un solo tocón. También hay un sinfín de almohadas de lana rellenas de hojas que tejen una atmósfera de nido. Este es el ambiente acogedor de la vieja casa donde se asisten un gran número de nacimientos clandestinos.

Aquí vive la extraña doctora Madeleine, comadrona a la que los habitantes de la ciudad tildan de loca, una mujer de avanza edad que sin embargo todavía conserva su belleza. El fulgor de sus ojos permanece intacto, pero tiene un gesto contraído en la sonrisa.

La doctora Madeleine trae al mundo a los hijos de las prostitutas, de las mujeres desamparadas, demasiado jóvenes o demasiado descarriladas para dar a luz en el circuito clásico. Además de los partos, a la doctora Madeleine le encanta remendar a la gente; es la gran especialista en prótesis mecánicas, ojos de vidrio, piernas de madera. Uno encuentra de todo en su taller.

Estamos a finales del siglo XIX, por lo que no es difícil convertirse en sospechosa de brujería. En la ciudad se rumorea que la doctora Madeleine mata a los recién nacidos y los transforma en seres a los que esclaviza. También se comenta que se acuesta con extrañas aves para engendrar monstruos.

En este lugar mi joven madre está dando a luz, y mientras se esfuerza en parir, observa a través del cristal cómo los pájaros y los copos de nieve se estrellan contra la ventana silenciosamente. Mi madre es una niña que juega a tener un bebé. Sus pensamientos derivan hacia la melancolía; sabe que no podrá quedarse conmigo. Apenas se atreve a bajar la vista hacia su vientre, que ya está a punto de dar a luz. Cuando mi nacimiento es inminente, sus ojos se cierran sin crisparse. Su piel pálida se confunde con las sábanas y su cuerpo se derrite en la cama.

Mi madre ha estado llorando desde que subió por la colina hasta llegar a esta casa. Sus lágrimas heladas se deslizan hasta tocar el suelo. A medida que avanzaba, se iba formando bajo sus pies una alfombra de lágrimas heladas, lo cual provocaba que resbalara una y otra vez. La cadencia de sus pasos iba en aumento hasta alcanzar un ritmo demasiado rápido. Sus talones se enredaban, sus tobillos vacilaban hasta que finalmente se cayó. En su interior, yo emito un ruido como de hucha rota.

La doctora Madeleine ha sido la primera persona que he visto al salir del vientre de mi madre. Sus dedos han atrapado mi cráneo redondo, con forma de aceituna, de balón de rugby en miniatura, y luego me he encogido, tranquilo.

Mi joven madre prefiere apartar la mirada de mí. Sus párpados se cierran, no quieren obedecer. «¡Abre los ojos! ¡Contempla la llegada de este pequeño copo de nieve que has creado!», quiero gritar.

Madeleine dice que parezco un pájaro blanco de patas grandes. Mi madre responde que prefiere no saber cómo es su bebé, que es precisamente por eso que aparta la mirada.

—¡No quiero ver nada!¡No quiero saber nada!

De repente, algo parece preocupar a la doctora. Mientras palpa mi minúsculo torso, su gesto se tuerce y la sonrisa abandona su rostro.

—Tiene el corazón muy duro, creo que está congelado.

—Yo también tengo el corazón helado —dice mi madre.

—¡Pero su corazón está congelado de verdad!

Entonces me sacude fuertemente y se produce el mismo ruido que uno hace cuando revuelve una caja de herramientas.

La doctora Madeleine se afana ante su mesa de trabajo. Mi madre espera, sentada en la cama. Está temblando y no es por culpa del frío. Parece una muñeca de porcelana que ha huido de una juguetería.

Fuera nieva con auténtica ferocidad. La hiedra plateada trepa hasta esconderse bajo los tejados. Las rosas translúcidas se inclinan hacia las ventanas, sonrojando las avenidas, los gatos se transforman en gárgolas, con las garras afiladas.

En el río, los peces se detienen en seco con una mueca de sorpresa. Todo el mundo está encantado por la mano de un soplador de vidrio que congela la ciudad, expirando un frío que mordisquea las orejas. En escasos segundos, los pocos valientes que salen al exterior se encuentran paralizados, como si un dios cualquiera acabara de tomarles una foto. Los transeúntes, llevados por el impulso de su trote, se deslizan por el hielo a modo de baile. Son figuras hermosas, cada una en su estilo, ángeles retorcidos con bufandas suspendidas en el aire, bailarinas de caja de música en sus compases finales, perdiendo velocidad al ritmo de su ultimísimo suspiro.

Por todas partes, paseantes congelados o en proceso de estarlo se quedan atrapados. Solo los relojes siguen haciendo batir el corazón de la ciudad como si nada ocurriera.

«Ya me habían advertido que no subiera a esta casa, a la colina de Arthur's Seat. Me habían dicho bien clarito que esta vieja está loca», piensa mi madre. La pobre muchacha tiene aspecto de muerta de frío. Si la doctora logra reparar mi corazón, me parece que el de mi madre le va a dar aún más trabajo… Yo, por mi parte, espero desnudo, estirado en el banco que linda con la mesa de trabajo, con el torso oprimido por un gran tornillo. Y me temo lo peor.

Un gato negro y muy viejo con modales de mozo se ha encaramado a la mesa de la cocina. La doctora le ha hecho un par de gafas. Montura verde a juego con sus ojos, qué clase. El gato observa la escena con aire hastiado; solo le falta ojear las páginas de economía de un diario mientras sostiene un puro, menudo patán.

La doctora Madeleine revuelve la estantería donde están los relojes mecánicos; hay una gran variedad de modelos. Unos angulosos y de aspecto severo, otros rechonchos y simpáticos, otros de madera, metálicos, pretenciosos… hay de todo tipo. La doctora apoya su oído en mi pecho, escucha mi corazón defectuoso y mientras, con el otro oído, escucha los tic-tac de los relojes que ha seleccionado. Sus ojos se entornan, no parece satisfecha. La doctora actúa con cuidado, como una de esas viejas lentas que se toman un cuarto de hora para elegir un tomate en el mercado. De repente, su mirada se ilumina. «¡Este!», exclama acariciando con la punta de los dedos los engranajes de un viejo reloj de cuco.

El reloj que ha elegido mide alrededor de cuatro centímetros por ocho; es un reloj de madera, excepto el mecanismo, la esfera y las agujas. El acabado es rústico, «sólido», dice la doctora. El cuco, diminuto como la falange de mi dedo meñique, es de color rojo y de ojos negros. Su pico, siempre abierto, le da apariencia de ave disecada.

—¡Este reloj te ayudará a tener un buen corazón! Y además combinará muy bien con tu cabeza de pajarillo —dice Madeleine dirigiéndose a mí.

No me gusta demasiado todo este asunto de los pájaros. Pero soy consciente de que la doctora intenta salvarme la vida, así que no voy a ponerme exquisito.

La doctora Madeleine se pone un delantal blanco; esta vez no hay duda de que va a empezar a cocinar. Me siento como un pollito asado al que se hubieran olvidado de matar. Registra un recipiente lleno de herramientas, elige unas gafas de soldador y se cubre la cara con un pañuelo. Ya no la veo sonreír. Se inclina sobre mí y me hace respirar éter. Mis párpados se cierran, ligeros como persianas que caen en un atardecer de verano. Ya no tengo ganas de gritar. La miro mientras el sueño me vence lentamente. Madeleine es una mujer de formas redondeadas; sus ojos, los pómulos arrugados como manzanas, el pecho, en el que uno se perdería en un largo abrazo. Es tan cálido su aspecto y tan acogedor que podría fingir que tengo hambre con tal de poder mordisquearle los pechos.

Madeleine corta la piel de mi torso con unas grandes tijeras dentadas. El contacto con sus sierras minúsculas me hace un poco de cosquillas. Desliza el pequeño reloj bajo mi piel y se dispone a conectar sus engranajes con las arterias del corazón. Es una operación delicada, no hay que estropear nada. La doctora utiliza su firme hilo de acero, muy fino, para coserme con una docena de nudos minúsculos. El corazón late de vez en cuando, pero la cantidad de sangre que llega a las arterias es poca. «Qué blanco es», dice ella en voz baja.

Es la hora de la verdad. La doctora Madeleine ajusta el reloj a las doce en punto… pero no ocurre nada. El mecanismo no parece lo bastante potente para iniciar las pulsaciones cardíacas. Mi corazón lleva demasiado rato sin latir. La cabeza me da vueltas; me siento como en un sueño extenuante. La doctora toca ligeramente los engranajes para provocar una reacción y que así, de una vez por todas, comience el movimiento. «Tic-tac», hace el reloj. «Bo-bum», responde el corazón, y las arterias se colorean de rojo. Poco a poco, el tic-tac se acelera, el bo-bum también. Tic-tac. Bo-bum. Tic-tac. Bo-bum. Mi corazón late a una velocidad casi normal. La doctora Madeleine aparta suavemente sus dedos del engranaje. El reloj se ralentiza. Y ella agita de nuevo la máquina para reactivar el mecanismo; pero en cuanto aparta los dedos, el ritmo del corazón se debilita. Diríase que Madeleine acaricia una bomba preguntándose cuándo explotará.

Tic-tac. Bo-bum. Tic-tac. Bo-bum.

Las primeras señales luminosas del amanecer rebotan contra la nieve y vienen a hilvanarse entre las cortinas. La doctora Madeleine está agotada. Yo me he dormido; aunque tal vez esté muerto ya que mi corazón ha estado parado demasiado tiempo.

De repente, el canto del cuco en mi pecho resuena tan fuerte que me hace toser. Con los ojos muy abiertos descubro a Madeleine con los brazos en alto, como si acabara de marcar un penalti en la final de la copa de fútbol mundial.

Enseguida se dispone a recoserme el pecho con aires de gran modista; se disimula muy bien que soy un tullido, más bien parece que mi piel envejeció, se arrugó a lo Charles Bronson. La esfera del reloj, de mi nuevo corazón, queda protegida por una tirita enorme.

Y para seguir con vida, cada mañana tendré que darle cuerda a mi corazón. A falta de lo cual, podría dormirme para siempre.

Mi madre dice que parezco un gran copo de nieve con agujas que lo atraviesan, a lo que Madeleine responde que ese es un buen método para encontrarme en caso de extravío en una tormenta de nieve.

Ya es mediodía. La doctora acompaña amablemente a mi madre hasta la puerta. Mi joven madre avanza muy despacio, le tiembla la comisura de sus labios. Se aleja con su paso de vieja dama melancólica y cuerpo de adolescente.

Al mezclarse con la bruma, mi madre se convierte en un fantasma de porcelana. Desde aquel día extraño y maravilloso, no la he vuelto a ver.

2

La doctora Madeleine recibe visitas a diario. Tiene muchos pacientes sin recursos económicos que cuando sufren dolencias, fracturas o malestares varios, llaman a su puerta. La doctora Madeleine es generosa y le gusta ayudar a la gente curando sus corazones; ya sea ajustando un mecanismo, o de sanarlo con charla y cariño. Lo que más satisface a la doctora es arreglar corazones dañados.

Desde el día de mi nacimiento me siento normal con mi reloj en el corazón, sobre todo después de escuchar cómo un paciente se quejaba de la herrumbre de su columna vertebral.

—¡Es metálica, es lógico que emita sonidos así! —argumenta la doctora.

—¡Sí, pero rechina en cuanto levanto un brazo!

—Ya le he prescrito un paraguas. Es difícil de encontrar en las farmacias, ya lo sé. Por esta vez, le prestaré el mío, pero procure conseguir uno antes de nuestra próxima visita.

En casa de la doctora también estoy acostumbrado a ver un desfile de jóvenes parejas bien vestidas que remontan la colina para adoptar a los hijos que no han logrado tener. El asunto se desarrolla como quien visita un piso que piensa comprar. Madeleine presenta a los niños, haciendo publicidad de sus méritos: un niño que no llora jamás, que come equilibradamente, que es muy limpio…

Espero mi turno, sentado en un sofá. Soy el modelo más pequeño, un niño portátil que incluso podrían meter en una caja de zapatos. Cuando los futuros padres adoptivos se fijan en mí, la escena que viene a continuación es siempre la misma: sonrisas más o menos forzadas, miradas compasivas y después uno de los futuros padres pregunta: «¿De dónde viene ese tic-tac que se oye?».

Entonces la doctora me sienta sobre sus rodillas, me desabrocha el vestido y descubre mi vendaje. Algunos gritan, otros se reprimen pero hacen una ligera mueca y dicen:

—¡Oh, Dios mío! ¿Qué es esa cosa?

—Esta «cosa», como usted la llama, es un reloj que le permite al corazón de este niño latir con normalidad, le da vida —responde ella con sequedad.

Las parejitas no pueden ocultar el disgusto y se dirigen a la habitación de al lado para murmurar, pero el veredicto no cambia jamás:

—No, gracias. ¿Podemos ver otros niños?

—Sí, síganme, tengo dos chiquillas que nacieron la semana de Navidad —propone ella casi con regocijo.

Al principio no me daba cuenta de lo que ocurría —era demasiado pequeño—, pero a medida que fui creciendo empezó a resultarme denigrante mi condición de ser el único niño que nadie quería adoptar, convirtiéndome en el perro más viejo de la perrera. Me pregunto por qué un simple reloj puede repeler de ese modo a la gente. ¡Al fin y al cabo, no es más que madera!

Hoy, tras haber sido rechazado en adopción por enésima vez, Arthur se ha acercado a mí. Arthur es un paciente habitual de la doctora, un viejo oficial de policía que se ha convertido en un pobre mendigo borracho. Lo tiene todo arrugado, desde la gabardina hasta los párpados. Es bastante grande. Y lo sería aún más si anduviera derecho. Normalmente no habla conmigo, y a mí me gusta el modo que tenemos de no hablarnos. Hay algo tranquilizador en su modo de cruzar la cocina cojeando, con una media sonrisa mientras gesticula con la mano.

Madeleine continúa ocupada en la otra habitación; está hablando con la pareja que desea adoptar un niño. Entonces es cuando veo que Arthur me observa y se inclina hacia mí. Su columna vertebral chirría como una vieja puerta metálica. Finalmente dice:

—¡No te preocupes, pequeño! En la vida todo viene y va, ya se sabe. Uno siempre sale adelante, aunque le cueste su tiempo. Yo perdí el empleo pocas semanas antes del día más frío de la historia y, poco después, mi mujer me puso de patitas en la calle. Y pensar que había aceptado volver a la policía por ella. Yo, que soñaba con llegar a ser músico, tuve que renunciar a mis aspiraciones artísticas porque no llegábamos a fin de mes. Y sirvió de muy poco.

—¿Y qué sucedió para que la policía te echara?

—Verás, resulta que el hábito no hace al monje. Como policía pasaba más horas delante del teclado de mi harmonio que de la máquina de escribir de la comisaría, entonaba las declaraciones… Y además bebía un poco de whisky, el justo y necesario para obtener un hermoso timbre de voz… Pero esa gente no entiende nada de música, ¿sabes? Al final me pidieron que me marchara. Y vaya, tuve la mala idea de contarle el porqué a mi mujer. El resto ya lo conoces… Entonces gasté el poco dinero que me quedaba bebiendo whisky. Fue lo que me salvó la vida, ya lo sabes.

Me encanta el modo que tiene de decir «ya lo sabes». Adopta un tono muy solemne para contarme que el whisky le «ha salvado la vida».

—Aquel famoso dieciséis de abril de mil ochocientos setenta y cuatro, el frío me quebró la columna vertebral; tan solo el calor del alcohol que ingiero desde esos sombríos acontecimientos impidió que me congelara del todo. Soy el único mendigo que se salvó; el resto de mis compañeros murieron de frío.

Se quita el abrigo y me pide que le mire la espalda. Me incomoda un poco, pero no me siento capaz de negarme.

—Para reparar la parte rota, la doctora Madeleine me injertó un pedazo de columna vertebral musical cuyos huesos afinó ella misma. Si me doy en la espalda con un martillo, puedo tocar música. Suena muy bien, pero, por otro lado, ando como un cangrejo. Anda, toca algo si quieres —me dice alargándome su pequeño martillo.

—¡No sé tocar nada!

—Espera, espera, vamos a cantar un poco, ya verás qué bien suena.

Y se pone a cantar «Oh When the Saints» acompañándose con su osófono. Su voz reconforta como un cálido y esplendoroso fuego de chimenea en una noche de invierno.

Mientras se marcha, abre una alforja repleta de huevos de gallina.

—¿Por qué cargas con todos esos huevos?

—Porque están llenos de recuerdos... Mi mujer los cocinaba de maravilla. Me basta cocer uno para tener la impresión de que vuelvo a estar con ella.

—¿Y los cocinas igual de bien?

—No, me salen cosas infames, pero eso me permite reavivar los recuerdos con mayor facilidad. Coge uno si quieres.

—No quiero que te falte ningún recuerdo.

—No te preocupes por mí, tengo demasiados. Tú todavía no lo sabes pero algún día te alegrará mucho abrir el zurrón y encontrar un recuerdo de tu infancia.

Mientras tanto, lo que sí sé es que tan pronto como resonaron los acordes menores de «Oh When the Saints», las brumas de mis preocupaciones se disiparon durante varias horas.

A partir de mi quinto cumpleaños, la doctora dejó de mostrarme a sus clientes. Pocas cosas han sucedido desde entonces, pero lo cierto es que vivo lleno de incertidumbre, cada día me hago más preguntas, y siento que necesito obtener algunas respuestas.

Ha crecido en mí el deseo de descubrir la ciudad, lo que hay en la parte baja de la colina, y ese deseo se está convirtiendo en una obsesión. Desde aquí percibo su rugido misterioso en cuanto me subo al tejado de la casa, a solas con la noche. La luz de la luna envuelve las calles del corazón de la ciudad con una aureola azucarada que sueño con mordisquear.

Madeleine, consciente de mi curiosidad, no deja de repetirme que muy pronto llegará el día de enfrentarme a la vida en la ciudad y a sus habitantes.

—No es bueno que te entusiasmes tanto. Cada latido de tu corazón es un pequeño milagro, ya lo sabes. El arreglo es frágil y debes ser cuidadoso. El sistema debería mejorar con tu crecimiento, pero tendrás que ser paciente.

—¿Cuántas vueltas de la aguja de las horas va a llevar eso?

—Unas cuantas… unas cuantas. Quisiera que tu corazón se fortalezca un poco más antes de soltarlo a la calle.

Debo reconocerlo, mi corazón me causa algunas preocupaciones. Es la parte más sensible de mi cuerpo. No soporto que nadie lo toque salvo Madeleine. Es ella quien, con la ayuda de una pequeña llave, me da cuerda todas las mañanas. Si cojo frío, los ataques de tos me provocan dolor por culpa de los engranajes, que se retuercen como si fueran a atravesarme la piel. Detesto el ruido de vajilla rota que hace todo eso.

Pero mi mayor preocupación es el desajuste horario. Cuando llega la noche, ese tic-tac resuena por todo mi cuerpo y me impide conciliar el sueño, lo que provoca que esté muerto de cansancio a media tarde o eufórico en plena noche. Sin embargo, no soy ni un hámster ni un vampiro, solo un insomne.

A modo de revancha, como sucede a menudo con la gente que padecemos alguna enfermedad, tengo derecho a alguna contrapartida agradable. Para calmar mi insomnio, Madeleine viene a mi habitación y me recita nanas encantadas, mientras sujeta una taza de chocolate caliente. A veces se queda en mi habitación hasta el amanecer mientras me acaricia los engranajes con la punta de sus dedos. Madeleine es muy dulce. «Love is dangerous for your tiny heart», repite de forma hipnótica. Diríase que recita las formulas de algún viejo libro de hechizos para que concilie el sueño. Me encanta escuchar cómo resuena su voz bajo el cielo estrellado. Sin embargo, hay veces en que el susurro «Love is dangerous for your tiny heart» me resulta inquietante y me gustaría escuchar otra cosa.

Llegó el momento: el día en que cumplo diez años, la doctora Madeleine acepta por fin llevarme a la ciudad. Hace mucho tiempo que se lo pido… y, sin embargo, no puedo evitar que me asalte la duda. Estoy nervioso y retraso la partida hasta el último momento, ordeno mis cosas y voy de una habitación a otra.

Acompaño a la doctora hasta el sótano, donde me fijo por primera vez en una estantería llena de tarros. Algunos llevan la etiqueta «lágrimas 1850-1857», otros están llenos de «manzanas del jardín».

—¿De quién son todas esas lágrimas? —le pregunto.

—Son mías. Cuando lloro, recojo mis lágrimas en un frasco y las almaceno en este sótano para hacer cócteles.

—Pero ¿cómo es posible que produzcas tantas?

—En mi juventud, un embrión se equivocó de dirección al querer encontrar mi vientre. Encalló en una de las trompas, provocando una hemorragia interna. Aquel día me convertí en una mujer estéril. Me alegra y me satisface ayudar a dar a luz a otras mujeres, pero he llorado mucho por ello. De todos modos, estoy mucho mejor desde que llegaste tú...

Me avergüenza haberle hecho la pregunta.

—Fue un día triste, un día en que no dejaba de llorar hasta que me di cuenta de que me reconfortaba beberme mis propias lágrimas. Poco después descubrí que sabían mejor si las mezclaba con un poco de licor de manzana. Pero no hay que beber nunca cuando uno está en estado normal, en ese caso ya no se logra estar contento sin beber y se forma un círculo vicioso y uno ya no para de llorar para poder beberse las lágrimas.

—Te pasas el tiempo curando a la gente, pero ahogas tus heridas en el alcohol de tus propias lágrimas, ¿por qué?

—No te preocupes por eso, me parece que hoy tenemos que bajar a la ciudad, hay un cumpleaños que festejar, ¿verdad? —dice ella esforzándose en sonreír.

La historia de las lágrimas de Madeleine me ha afectado mucho y mientras descendemos por la colina estoy tan distraído pensando en ello que apenas soy consciente de que hoy es el día en que conoceré la ciudad. Sin embargo, en cuanto Edimburgo aparece ante mi vista, mis sueños y mi excitación me asaltan de nuevo.

¡Me siento como Cristóbal Colón cuando descubrió América! El laberinto enrevesado de calles me atrae como un imán. Las casas se apoyan unas sobre otras, apuntando hacia el cielo y estrechándolo. ¡Corro por las calles empinadas! Diríase que un simple soplido podría derribar la ciudad entera como quien derrumba un juego de dominó dispuesto en una larga fila. ¡Corro! ¡Los árboles se han quedado plantados en lo alto de la colina, pero la ciudad está llena de gente que emerge por todas partes! ¡Las mujeres visten hermosos trajes de llamativos colores, visten sombreros con forma de amapola y vestidos con formas floreadas! Hay muchas mujeres asomadas en los balcones observando el colorido y vívido mercado de la plaza Saint Salisbury.

Dejo que la ciudad me engulla, hay un ruido de cascos que repiquetean contra el asfalto, y el murmullo de las voces que se entremezclan me cautiva. De repente se oye sonar la campaña de la iglesia, que emite un sonido que me recuerda al ruido de mi corazón, aunque este es un sonido alto y sin complejos.

—¿Es ese mi padre?

—No, no, ese no es tu padre… Es el canon de las trece horas, solo suena una vez al día —responde Madeleine sin aliento.

Atravesamos la plaza y giramos por un pequeño callejón. Se oye una música melancólica y algo maliciosa. Esa melodía me emociona, me produce sensaciones contradictorias, como cuando llueve y luce sol al mismo tiempo.

—Es un organillo hermoso, ¿verdad? —dice Madeleine—. Este instrumento funciona más o menos del mismo modo que tu corazón, sin duda por eso te gusta tanto. Es un instrumento mecánico que transmite muchas emociones desde su interior.

En ese momento, llega hasta nosotros el sonido más encantador que pueda existir y, para mi sorpresa, la cosa no termina ahí. Una muchacha minúscula con aspecto de hermoso árbol en flor se adelanta y se pone a cantar. El sonido de su voz recuerda al canto de un ruiseñor y lo complementa con palabras. *He perdido mis gafas, en realidad no me las quise poner, hacen que mi cara parezca ridícula, una cara de gallardete... con gafas.*

Su larga y ondulada melena enmarca su rostro. Su nariz, perfectamente delineada, es tan diminuta que me pregunto cómo conseguirá respirar; en mi opinión, está ahí solo de adorno. Baila como un pajarillo en equilibrio sobre tacones de aguja, andamios femeninos. Sus ojos son inmensos; uno puede perderse mientras escruta su interior. Y en ellos se lee una determinación feroz. Alza la cabeza con porte altivo, como una bailaora de flamenco en miniatura. Sus pechos parecen un par de merengues tan bien cocidos que sería pecado no comérselos ahí mismo.

No me importa ver borroso cuando canto y cuando beso, prefiero tener los ojos cerrados.

Me invade una sensación de euforia. La presencia de esta joven muchacha me produce un carrusel de emociones como si estuviera montado en un tiovivo. Un tiovivo que me da miedo a la vez que me atrae. El olor a algodón de azúcar y polvo me seca la garganta.

De repente, me pongo a cantar como si protagonizara un musical. La doctora me mira con aire reprobatorio, como cuando me dice: saca-ahora-mismo-tus-manos-de-mi-cocina.

Oh, mi pequeño incendio, permítame mordisquear su ropa, desmenuzarla a buenas dentelladas, escupirlas como un confeti para besarla bajo una lluvia... ¿He oído bien, «confeti»?

La mirada de Madeleine es rotunda.

29

No veo más que fuego, con solo unos pasos puedo perder-
me a lo lejos, tan lejos en mi calle que no me atreva ya siquiera
a mirar derecho a los ojos del cielo, no veo más que fuego.

—Yo lo guiaré hasta el exterior de su cabeza, yo seré sus ga-
fas y usted mi cerilla.

—Tengo que confesarle algo: lo escucho, pero no lograría re-
conocerle jamás aunque estuviera sentado entre un par de vie-
jecitos…

—Nos frotaremos el uno contra el otro hasta chamuscarnos
el esqueleto, y cuando el reloj de mi corazón dé las doce en
punto, arderemos, sin necesidad de abrir los ojos.

—Lo sé, soy una mente ardiente, pero cuando la música se
detiene, me cuesta abrir los ojos, me enciendo como una cerilla
y mis párpados queman con mil fuegos hasta romper mis ga-
fas, sin pensar siquiera en abrir los ojos.

En el momento en que nuestras voces se funden en
un solo canto, su tacón se atasca entre dos adoquines,
trastabilla como una peonza al final de su carrera y cae
sobre la calzada congelada. Es una caída cómica pero
violenta, y la joven se ha lastimado. La sangre resbala
sobre su vestido de plumas de ave. Recuerda a una gaviota herida. Incluso desparramada sobre el adoquina-
do, la muchacha me resulta conmovedora. Con dificultad se pone unas gafas con las varillas torcidas, y tantea
el suelo como si fuese una sonámbula. Su madre la coge
de la mano con más firmeza de la que usan los padres
habitualmente; digamos que la retiene de la mano.

Intento decirle algo, pero las palabras permanecen
mudas en mi garganta. Me pregunto cómo unos ojos
tan grandes y maravillosos pueden funcionar mal, hasta
el punto de que la muchacha se caiga y tropiece con
todo.

La doctora Madeleine y la madre de la joven intercambian unas palabras, como si fueran las dueñas de dos perros que acabaran de pelearse.

Mi corazón sigue acelerado, me cuesta retomar el aliento. Tengo la impresión de que el reloj se hincha y va a salir expulsado por mi garganta. ¿Qué tiene esta muchacha que me provoca estos sentimientos? ¿Está hecha de chocolate? Pero ¿qué me ocurre?

Intento mirarla a los ojos pero no puedo dejar de admirar su hermosa boca. No sospechaba que se pudiera pasar tanto tiempo observando una boca.

De repente, el cu-cú de mi corazón empieza a sonar muy fuerte, mucho más fuerte que cuando sufro una crisis. Siento que mis engranajes giran a toda velocidad, como si me ahogara. El carillón me revienta los tímpanos, me tapo los oídos pero el tic-tac resuena en el interior, haciéndose insoportable. Las agujas me rebanarán el cuello. La doctora Madeleine intenta calmarme con gestos discretos, como si intentara atrapar a un pobre canario asustado en su jaula. Tengo un calor asfixiante.

Me habría gustado parecer un águila real o una gaviota majestuosa, pero, en lugar de eso, aparezco como un pobre canario perturbado y confundido por sus propios sobresaltos. Espero que la pequeña cantante no me haya visto. Mi tic-tac resuena seco, mis ojos se abren, y mi nariz se alza al cielo. La doctora Madeleine me sujeta por el cuello de mi camisa, después me agarra del brazo y mis talones se despegan ligeramente del suelo.

—¡Volvemos a casa de inmediato! ¡Asustas a todo el mundo! ¡A todo el mundo!

Parece furiosa e inquieta a la vez. Me siento avergonzado. Al mismo tiempo rememoro las imágenes de la joven muchacha que canta sin gafas y mira el sol de frente. Y entonces ocurre: me enamoro. En el interior de mi reloj es el día más caluroso de la historia.

Después de un cuarto de hora de ajustes a mi corazón y una buena sopa de fideos, recupero mi estado normal.

La doctora Madeleine tiene un gesto cansado, como cuando después de horas y horas cantando no consigue que me duerma, aunque esta vez tiene un aire más concienzudo.

—Recuerda que tu corazón no es más que una prótesis, es infinitamente más frágil que un corazón normal, y me temo que siempre va a ser así. Los mecanismos de tu reloj no filtran las emociones como lo harían los tejidos de un corazón normal. Es absolutamente necesario que seas prudente. Lo que ha ocurrido en la ciudad cuando has visto a esa pequeña cantante confirma lo que me temía: el amor es demasiado peligroso para ti.

—Me encanta contemplar su boca.

—¡No digas eso!

—Su rostro es hermoso, con esa sonrisa resplandeciente que provoca que uno quiera contemplarla mucho rato.

—No te das cuenta, te lo tomas como si no tuviera importancia. Pero lo que haces es jugar con fuego, un juego peligroso, sobre todo si se tiene un corazón de madera. Te duelen los engranajes cuando toses, ¿verdad?

—Sí.

–Pues bien, ese es un sufrimiento insignificante si lo comparas con el que puede originar el amor. Algún día, es posible que tengas que pagar un precio muy alto por todo el placer y la alegría que el amor provoca. Y cuanto más intensamente ames, más intenso será el dolor futuro. Conocerás la angustia de los celos, de la incomprensión, la sensación de rechazo y de injusticia. Sentirás el frío hasta en tus huesos, y tu sangre formará cubitos de hielo que notarás correr bajo tu piel. La mecánica de tu corazón explotará. Yo misma te instalé este reloj, conozco perfectamente los límites de su funcionamiento. Como mucho es posible que resista la intensidad del placer, pero no es lo bastante sólido para aguantar los pesares del amor.

Madeleine sonríe tristemente, con el rictus que siempre la acompaña, pero en esta ocasión no hay ni rastro de cólera.

3

El misterio que envuelve a la joven cantante me mantiene agitado, inquieto. Conservo y repaso una colección de imágenes mentales: sus largas pestañas, sus ojos, sus hoyuelos, su nariz perfecta y la ondulación de sus labios. Conservo y mimo su recuerdo como uno cuidaría una flor delicada. Y con estos recuerdos se llenan mis días.

Solo pienso en una cosa: reencontrarla. Disfrutar de nuevo de aquella sensación extraordinaria y hacerlo lo antes posible. ¿Me arriesgo a sacar cu-cús por la nariz? ¿Tendrán que repararme a menudo el corazón? ¿Y qué? Este viejo trasto me lo reparan desde que nací. ¿Corro peligro de muerte? Tal vez, pero siento que mi vida peligra si no vuelvo a verla y, a mi edad, eso me parece aún más grave.

Ahora comprendo mejor por qué la doctora ponía tanto empeño en retrasar mi encuentro con el mundo exterior. Antes de conocer el sabor de las fresas con azúcar, uno no las pide todos los días.

Algunas noches la pequeña cantante me visita en mis sueños. En la de hoy, mide dos centímetros, entra por

34

el agujero de la cerradura de mi corazón y se sienta a horcajadas sobre la aguja de mis horas. Me mira con los ojos de una cierva elegante. Hasta dormido me impresiona. Luego empieza a lamerme suavemente la aguja de los minutos. Me siento agitado, de repente un mecanismo se pone en marcha, no estoy seguro de que se trate tan solo de mi corazón... ¡CLIC, CLOC, DONG! ¡CLIC, CLOC, DING! Maldito cu-cú.

«Love is dangerous for your tiny heart even in your dreams, so please dream softly», me susurra Madeleine. Ahora duerme...

¡Como si fuera fácil con semejante corazón!

A la mañana siguiente me despierta el ruido molesto de unos martillazos. De pie sobre una silla, Madeleine clava un clavo encima de mi cama. Parece muy decidida, y sujeta un pedazo de pizarra entre los dientes. El ruido me resulta espantosamente desagradable, como si el clavo se hundiera directamente en mi cráneo. Luego cuelga la pizarra, sobre la que se encuentra este siniestro escrito:

> Primero, no toques las agujas de tu corazón. Segundo, domina tu cólera. Tercero y más importante, no te enamores jamás de los jamases. Si no cumples estas normas, la gran aguja del reloj de tu corazón traspasará tu piel, tus huesos se fracturarán y la mecánica del corazón se estropeará de nuevo.

El mensaje de la pizarra me aterroriza, aunque no tengo necesidad de leerlo pues ya me lo sé de memoria. Sopla un viento de amenaza entre mis engranajes.

Por frágil que sea mi reloj, la pequeña cantante se ha instalado cómodamente en él. Ha dejado sus pesadas maletas cargadas de yunques en cada rincón; sin embargo, jamás me había sentido tan ligero como desde que la conocí.

Debo hallar un medio de reencontrarla cueste lo que cueste, quiero saber cómo se llama, cuándo podré verla de nuevo… Y lo único que sé hasta ahora es que canta como los pájaros y su vista no es muy buena. Nada más.

Aprovecho cualquier ocasión para informarme. Pregunto a las parejas de jóvenes que vienen a casa para adoptar a un bebé, pero nadie parece saber nada. También pruebo suerte con Arthur, que me dice: «Sí, la oí cantar en la ciudad, pero hace bastante tiempo que no la he visto». Quizá las muchachas estén más dispuestas a ayudarme.

Anna y Luna son dos prostitutas que nos han visitado en más de una ocasión con sus vientres hinchados. Cuando les pregunto por la joven, me responden: «No, no, no sabemos nada, no sabemos nada… no sabemos nada, ¿eh, Anna? No sabemos nada de nada… ¿Nosotras…?», y entonces presiento que voy por el buen camino.

Anna y Luna tienen aspecto de niñas viejas. Imagino que, al fin y al cabo, eso es lo que son, un par de niñas de treinta años disfrazadas con ajustados trajes de piel falsa de leopardo. Desprenden un inconfundible aroma a hierbas provenzales, un perfume de cigarro natural que las acompaña incluso cuando no fuman. Esos cigarrillos les proporcionan una aureola brumosa y da la sensación que les cosquilleen el cerebro, pues siempre les provocan risas. Su juego favorito consiste en enseñarme palabras nuevas. Jamás me revelan su significado, pero ponen todo su empeño en que las pronuncie perfectamente. Entre todas las palabras maravillosas que me enseñan, mi preferida siempre será «cunnilingus». Me lo imagino como un héroe de la Roma antigua, Cunnilingus. Hay que repetirlo varias veces, Cu-ni-lin-guss, Cunnilingus, Cunnilingus. ¡Qué maravillosa palabra!

Anna y Luna no se presentan nunca con las manos vacías, siempre traen un ramo de flores robado en el cementerio o la levita de algún cliente muerto durante el coito. Para mi cumpleaños me regalaron un hámster. Le puse Cunnilingus. «¡Cunnilingus, amor mío!», canturrea siempre Luna mientras repiquetea en los barrotes de su jaula con las uñas pintadas.

Anna es una gran rosa marchita con mirada de arcoiris, cuya pupila izquierda, un cuarzo instalado por Madeleine para remplazarle un ojo que le destrozó un mal pagador, cambia de color según el tiempo. Habla muy deprisa, como si el silencio la asustara. Cuando le pregunto acerca de la pequeña cantante, me dice: «¡Jamás he oído hablar de ella!». Al pronunciar esta frase, su elocución es aún más rápida que de costumbre. Presiento que la consumen las ganas de revelarme algún secreto. Aprovecho para hacerle unas cuantas preguntas generales sobre el amor, en voz baja, pues no quiero que Madeleine sepa nada de este asunto.

—Verás, trabajo en el amor desde hace mucho tiempo. No es que haya recibido mucho, pero el simple hecho de darlo generalmente me hace feliz. No soy una buena profesional. En cuanto un cliente se vuelve regular, me enamoro y entonces ya no acepto su dinero. Entonces sigue un período en el que viene todos los días a verme, a menudo con regalos. Pero al final termina desapareciendo. Ya sé que no debería enojarme, pero no puedo evitarlo. Siempre se produce un momento patético pero agradable en el que pienso que mis sueños pueden hacerse realidad. En ese momento creo en lo imposible.

—¿Lo imposible?

—No es fácil vivir con un corazón de melón cuando se tiene mi trabajo, ¿entiendes?

—Creo que sí lo entiendo.

Y luego está Luna, rubia tornasolada, versión prehistórica de Dalila, con sus gestos lentos y su risa rota, funámbula sobre tacones afiladísimos. Su pierna derecha se congeló parcialmente el día más frío de la historia. Madeleine se la remplazó por una prótesis de caoba con un portaligas pirograbado. Me recuerda un poco a la pequeña cantante, pues tiene el mismo acento de ruiseñor y la misma espontaneidad.

—¿Tú no conocerás a una pequeña cantante que anda dando tumbos por todas partes? —le pregunto.

Ella pone cara de no entender y cambia de tema. Imagino que Madeleine le ha hecho prometer que no me revelaría nada sobre la pequeña cantante.

Un buen día, harta de ignorar mis incesantes preguntas, me responde:

—No sé nada de la pequeña andaluza…

—¿Qué significa «andaluza»?

—No he dicho nada, no he dicho nada, mejor pregúntaselo a Anna.

—Anna no sabe nada.

Para llamar su atención, para conmoverla, pruebo con el truco del chico triste, cabizbajo, de ojos entornados.

—Por lo que veo, has aprendido rápido algunos rudimentos de la seducción —dice Anna.

—¿No se lo dirás a nadie, verdad?

—¡No, claro que no!

Empieza a susurrar, sus palabras son apenas audibles:

—Tu pequeña cantante viene de Granada, Andalucía, un lugar que está muy lejos de aquí. Hace mucho tiempo que no la escucho cantar en la ciudad. Tal vez haya vuelto a Granada, a casa de sus abuelos…

—A menos que esté en la escuela —añade Anna en un tono estridente.

—¡Gracias!

—Chist… ¡Cállate! —añade Luna en español, pues siempre habla en su lengua natal cuando se pone nerviosa.

Mi sangre hierve, me desborda una oleada de pura alegría. Mi sueño se hincha como una tarta en el horno; creo que ya está listo para sacarlo fuera. Mañana mismo bajaré la colina que lleva hasta la ciudad y buscaré esa escuela.

Pero antes tengo que convencer a Madeleine.

—¿A la escuela? ¡Pero te vas a aburrir! Tendrás que leer libros que no te gustarán; aquí, en cambio, eliges los que quieres… Te obligarán a quedarte sentado largas horas sin moverte, y te prohibirán hablar, hacer ruido. Hasta para soñar tendrás que esperar al recreo. Te conozco, lo odiarás.

—Sí, puede ser, pero tengo curiosidad por saber qué se aprende en la escuela.

—¿Estudiar?

—Sí, eso es. Quiero estudiar. Aquí, solo, no puedo.

En este momento se produce una concurrencia de malas intenciones ocultas: la doctora Madeleine intenta retenerme y yo engañarla. Me provoca risa y cólera al mismo tiempo.

—Creo que lo mejor es que empieces a repasar lo que tienes escrito en tu pizarra, me parece que lo olvidas un poco deprisa. Y, sinceramente, temo que pueda sucederte algo malo en la ciudad.

—Pero todos los niños van a la escuela. Cuando tú estás trabajando, me siento muy solo aquí, en lo alto de la colina. Me gustaría estar con gente de mi edad y poder descubrir el mundo, vivir aventuras...

—Descubrir el mundo en la escuela... —dice Madeleine suspirando—. De acuerdo. Si quieres ir a la escuela, no te lo voy a impedir —termina diciendo, con una expresión triste.

Hago lo posible para contener mi alegría. No sería conveniente que me pusiera a bailar con los brazos en alto.

Por fin llega el día esperado. Visto un traje negro con el que tengo aspecto de adulto, aunque solo tengo once años. Madeleine me ha aconsejado que no me quite nunca la chaqueta, ni siquiera en clase, para que nadie descubra mi reloj.

Antes de partir, he puesto en mi cartera unos cuantos pares de gafas, todos ellos sustraídos del taller de Madeleine. Ocupan más espacio que los cuadernos. He instalado a Cunnilingus en el bolsillo izquierdo de mi camisa, justo por encima del reloj. De vez en cuando asoma la cabeza con expresión de hámster satisfecho.

–¡Procura que no muerda a nadie! –bromean Anna y Luna mientras bajamos la colina.

Arthur también me acompaña; baja cojeando y en silencio.

La escuela se encuentra en Calton Hill, un barrio muy burgués, y justo enfrente de la hermosa catedral de Saint Giles, construida sobre una vieja iglesia del siglo IX; frente a ella se encuentra la prisión de Edimburgo. La catedral de Saint Giles tiene a sus pies un mosaico de adoquines con forma de corazón sobre el que escupían los reclusos que iban a prisión. Cuentan que la costumbre de escupir al mosaico es un signo de buena suerte.

A la entrada del colegio veo a muchas señoras con abrigos de piel. Uno diría que todas las mujeres van disfrazadas de enormes gallinas que cacarean muy fuerte. Incluso ante tanto estruendo, las risas de Anna y Luna llaman la atención y arrancan muecas reprobatorias de varias mujeres, que observan con mirada de desprecio el paso cansino de Arthur y la giba que hincha mi pulmón izquierdo. Sus maridos, trajeados de pies a cabeza, son tipos estirados; parecen perchas andantes. En cuanto nos ven, ponen cara de indignados, parece que nuestra pequeña y extraña tribu no resulta de su agrado; sin embargo, no pierden ocasión de echar un vistazo a los generosos escotes que lucen Anna y Luna.

Me despido de mi familia con cierto temor y atravieso un inmenso portal que da paso a la escuela hasta llegar a un amplio patio que, a pesar de su extensión, resulta bastante acogedor.

Cruzo el patio mientras mis ojos escrutan los rostros de los alumnos; muchos de ellos parecen versiones de sus padres en miniatura. Se oye un murmullo de voces, los alumnos conversan alegremente hasta que de repente todos pueden oír alto y claro el tic-tac de mi corazón. Entonces todos me observan como si tuviera una enfermedad contagiosa. De repente, una muchacha morena se planta frente a mí, me mira a los ojos y comienza a hacer «tic, tac, tic, tac» mientras se ríe. El patio entero repite a coro el tic-tac. Es una burla sonora que me produce el mismo efecto que cuando las familias vienen a elegir a sus hijos a casa y me ignoran con recelo. Incluso diría que esto es peor.

Intento ignorar la burla y me concentro en encontrar a la pequeña cantante. Observo cada rostro femenino, pero ninguno es el de la joven ¿Y si Luna se hubiera equivocado?

Entramos en clase. Madeleine tenía razón. Me aburro como jamás me había aburrido en mi vida. Me parece un horror estar aquí sin la pequeña cantante…y pensar que estoy inscrito para todo el curso escolar. ¿Cómo voy a decir a Madeleine que ya no quiero estudiar en el colegio?

Durante el recreo, comienzo mi investigación preguntando si alguien conoce a la pequeña cantante llamada «Andalucía», una joven presumiblemente miope que tropieza constantemente. Nadie parece conocerla, ni haber oído hablar de ella. Así que nadie me responde.

—¿No está en esta escuela?

No hay respuesta.

¿Le habrá ocurrido algo grave? ¿Habrá sufrido un accidente debido a su vista limitada?

En ese momento un tipo de aspecto extraño destaca entre la fila. Es mayor que los demás y es tan alto que da la impresión de que su cabeza sobrepasa los muros del patio. Ante su presencia, los alumnos bajan la mirada intimidados. El tipo detiene sus ojos en mí. Tiene una mirada dura de color azabache que me hiela. Es delgado como un árbol muerto, elegante como un espantapájaros vestido por un buen sastre, y su peinado parece hecho de alas de cuervo.

—¡Tú! ¡El nuevo! ¿Qué quieres de la pequeña cantante?

Su voz grave evoca el eco de una profunda tumba.

—Bueno, verás… un día la vi cantar y tropezarse. Me gustaría regalarle unas gafas.

Mi voz es débil y trémula. Parezco un anciano de ciento treinta años.

—¡Nadie puede osar hablar de Miss Acacia en mi presencia, ni de ella ni de sus gafas! ¡Nadie, ¿me oyes?, y mucho menos un enano como tú! ¡No menciones jamás su nombre! ¿Me has entendido, enano?

No le respondo. Se alza un murmullo: «Joe…». Cada segundo se hace más pesado. De repente, me acerca la oreja al pecho y me pregunta:

—¿Cómo haces ese extraño ruido de tic-tac?

Tampoco le respondo.

Se acerca despacio, curvando su largo armazón hasta apoyar la oreja sobre mi corazón. Mi reloj palpita. Me parece que el tiempo se detiene. Su naciente barba me pica como un alambre de espino sobre el pecho. Cunnilingus asoma el morro y olfatea la coronilla de Joe. Si se pone a orinar, la situación va a complicarse.

Súbitamente, Joe me arranca el botón de mi abrigo y descubre así las agujas que sobresalen por encima de mi camisa. La multitud de curiosos emite un sonoro «Oooh…». Me avergüenzo más que si acabara de bajarme los pantalones. Escucha mi corazón durante un buen rato, luego se endereza lentamente.

—¿Es tu corazón lo que hace tanto ruido?

—Sí.

—Estás enamorado de ella, ¿verdad?

Su voz profunda y sentenciosa me provoca escalofríos que recorren cada uno de mis huesos.

Mi cerebro quiere decir «No, no…», pero mi corazón, como siempre, tiene una relación más directa con mis labios.

—Sí, creo que estoy enamorado de ella.

Los alumnos arrancan con un nuevo murmullo: «Oooh…». Un reflejo de melancolía ilumina la cólera en los ojos de Joe, lo cual lo vuelve aún más espantoso. Con una sola mirada, consigue el silencio de todo el recreo. Hasta el viento parece obedecerle.

—La «pequeña cantante», como tú la llamas, es el amor de mi vida… y ya no está aquí. ¡No vuelvas a hablarme nunca de ella! Que no te oiga siquiera pensar en ella, o te aplastaré el reloj que te sirve de corazón contra tu cráneo. Te lo haré pedazos, ¿me oyes? ¡Te lo haré pedazos de tal modo que ya no volverás a ser capaz de amar!

Su cólera produce un temblor en sus largos dedos, incluso cuando aprieta los puños.

Hace apenas unas horas, tenía a mi corazón por un navío capaz de romper las aguas de un océano enfurecido. Ya sabía que no era precisamente el más sólido del mundo, pero creía en el poder de mi entusiasmo. Ardía en una alegría tan intensa ante la idea de reencontrar a la pequeña cantante que nada me habría podido detener. En apenas cinco minutos, Joe ha vuelto a ajustar mi reloj a la hora de la realidad, transformando mi vibrante galeón en una vieja barquichuela destartalada.

—¡Te lo destrozaré de tal modo que JAMÁS serás capaz de amar! —repite él.

—¡Cu-cú! —responde mi cáscara de nuez.

El sonido de mi propia voz se corta, como si hubiese recibido un puñetazo en el estómago.

Me dispongo a remontar la colina y me pregunto cómo un jilguero con gafas tan encantador ha podido caer entre las garras de un buitre como Joe. Me consuelo con la idea de que tal vez mi pequeña cantante fuera a la escuela sin gafas. ¿Dónde estará ahora?

De repente, una dama de unos cuarenta años interrumpe mis inquietas ensoñaciones. Coge firmemente a Joe de la mano, a menos que no sea al revés, vista la talla del buitre. Ella se le parece, es idéntica, en versión marchita y con un culo de elefante.

—¿Eres tú el que vive en casa de la bruja ahí arriba? ¡Sabrás que ayuda a nacer a los niños del vientre de las putas! Tú mismo debes de haber salido del vientre de alguna puta, porque la vieja, lo sabe todo el mundo, es estéril desde hace mucho tiempo.

Cuando los adultos se aplican, superan siempre un nuevo umbral de crueldad.

A pesar de mi silencio obstinado, Joe y su madre siguen insultándome durante un buen tramo del trayecto. Llego a la cima de la colina con dificultad. ¡Porquería de reloj llena de sueños! Con gusto te arrojaría al cráter de Arthur's Seat.

Esa misma noche Madeleine se esfuerza en cantarme para que me duerma y me tranquilice, pero la cosa no funciona. Cuando me decido a hablarle de Joe, ella me replica que tal vez me haya tratado así para poder existir a ojos de los demás, que quizá no sea del todo malo. Sin duda, él también está prendado de la pequeña cantante. Las penas amorosas pueden transformar a la gente en monstruos de tristeza. Su indulgencia hacia Joe me exaspera. Me besa en la esfera y ralentiza mi ritmo cardíaco apoyando el índice sobre los engranajes. Termino por cerrar los ojos sin sonreír.

4

Pasa un año en el que Joe se mantiene pegado a mí como si estuviera imantado por mis agujas, asestándome golpes en el reloj delante de todo el mundo. A veces me dan ganas de arrancarle la melena color de cuervo, pero soporto sus humillaciones sin rechistar, con una lasitud que va en aumento. Mi investigación sobre la pequeña cantante sigue sin dar frutos. Nadie se atreve a responder a mis preguntas. En la escuela, es Joe el que dicta la ley.

Hoy, en el recreo, sacó el huevo de Arturo de la manga de mi jersey. Intento reencontrar a Acacia pensando en ella con todas mis fuerzas. Me olvido de Joe, olvido incluso que estoy en esta porquería de escuela. Mientras acaricio el huevo, un hermoso sueño se desliza sobre la pantalla de mis párpados. La cáscara del huevo se agrieta y aparece la pequeña cantante, con el cuerpo cubierto de plumas rojas. La sostengo entre el pulgar y el índice, tengo miedo de aplastarla y, al mismo tiempo, de que se vaya volando. Un tierno incendio se declara entre mis dedos; sus ojos se abren cuando de repente mi cráneo hace «¡crac!».

La yema del huevo resbala sobre mis mejillas, como si mi sueño se escapara por los canales lacrimales. Joe domina la escena, con pedazos de cáscara entre sus dedos. Todo el mundo ríe. Algunos incluso aplauden.

—La próxima vez será tu corazón lo que te aplastaré en la cabeza.

En clase, a todos les divierten los pedazos de cáscara que hay enredados entre mis cabellos. Ciertas pulsiones de venganza comienzan a reconcomerme. Las hadas de mis sueños se desvanecen. Me paso casi tanto tiempo detestando a Joe como amando a Miss Acacia.

Las humillaciones de Joe prosiguen día tras día. Me he convertido en el juguete con el que se calma los nervios a la vez que parece aplacarle la melancolía por no ver a la cantante. ¡Por mucho que riego regularmente las flores de mis recuerdos de la pequeña cantante, comienzan a estar faltas de sol!

Madeleine hace todo lo que puede por consolarme pero sigue sin querer ni oír hablar de historias de corazón. A Arthur ya casi no le quedan recuerdos en su zurrón y cada vez canta con menos frecuencia.

La noche de mi cumpleaños, Anna y Luna vienen a darme la misma sorpresa de todos los años. Como de costumbre, se divierten perfumando a Cunnilingus, pero, en esta ocasión, Luna aumenta demasiado la dosis y el pobre animal se acartona en un espasmo y cae muerto. La visión de mi compañero tendido en su jaula me llena de tristeza. Un largo «cu-cú» se escapa de mi pecho.

A modo de consolación, consigo que Luna me imparta una clase de geografía sobre Andalucía. Ah, Andalucía… ¡Si tuviera la seguridad de que Miss Acacia se encuentra allí, partiría ahora mismo!

Cuatro años han transcurrido desde mi encuentro con la pequeña cantante, y casi tres desde el comienzo de mi escolaridad. Mi búsqueda continúa siendo infructuosa, aunque no ceso en el empeño. Mis recuerdos se borran poco a poco bajo el peso del tiempo.

La víspera del último día de escuela, me acuesto con un regusto amargo. Esa noche, no conciliaré el sueño. Pienso con demasiada intensidad en lo que quiero hacer al día siguiente: he decidido emprender la búsqueda de la pequeña cantante y para eso me temo que la única persona que puede ayudarme a saber dónde se encuentra es Joe. Contemplo la aurora recortando las sombras al son de mi tic-tac.

Hoy es 27 de junio. Desde el patio de la escuela observo lo azulado que está el cielo; es de un azul tan intenso que uno creería estar en cualquier parte salvo en Edimburgo. Sin embargo, el buen tiempo no parece ayudarme: no he dormido en toda la noche y tengo los nervios de punta.

Voy derecho hacia Joe, con actitud decidida. Pero antes de que pueda dirigirle la palabra, me agarra por el cuello de la camisa y me levanta. Mi corazón rechina, mi cólera se desborda y el cu-cú se dispara. Joe arenga a la multitud de alumnos que nos rodea.

—Quítate la camisa y muéstranos lo que tienes en el vientre. Queremos ver el trasto que hace tic-tac.

—¡¡¡Síí!!! —responde la multitud.

Me arranca la camisa y estampa sus uñas en mi esfera.

—¿Cómo se abre este cacharro? —inquiere.

—Hace falta una llave.

—¡Dámela, dame la llave!

—No la tengo, está en mi casa. ¡Ahora suéltame!

Hurga en la cerradura con la uña de su dedo meñique, se encarniza. La esfera termina por ceder.

—¡Ya ves que no hacía falta llave! ¿Quién quiere acercarse a tocar el interior?

Uno tras otro, alumnos que jamás me han dirigido la palabra se suceden para mover las agujas o accionar mis engranajes sin mirarme. ¡Me hacen mucho daño! El cu-cú se dispara y ya no se detiene. Aplauden, ríen. Todo el patio repite a coro: «¡Cu-cú, cu-cú, cu-cú!».

En ese preciso instante algo extraño sucede dentro de mi cabeza. Los sueños anestesiados desde hace años, la rabia contenida, las humillaciones, todo eso se amontona tras la puerta; el dique está a punto de ceder. Ya no puedo aguantar más.

—¿Dónde está Miss Acacia?

—No he oído muy bien lo que has dicho —responde Joe retorciéndome el brazo.

—¿Dónde está? Dime dónde está. Ya sea aquí o en Andalucía, la encontraré, ¿comprendes?

Joe me tira al suelo y me inmoviliza boca abajo. Mi cu-cú se desgañita, una sensación de ardor se aferra a mi esófago, algo en mí se transforma. Violentos espasmos sacuden mi cuerpo cada tres segundos. Joe se da la vuelta triunfante.

—Y bien, ¿cómo es eso? ¿Te marchas a Andalucía? —dice Joe apretando los dientes.

—¡Sí, me marcho! Me marcho hoy mismo.

Tengo los ojos fuera de las órbitas. Me siento como una máquina podadora capaz de trocear no importa qué ni a quién.

Imitando a un perro que olisqueara una mierda, Joe acerca su nariz a mi reloj. Todo el patio estalla en una risa. ¡Es demasiado! Lo agarro por la nuca y estampo su rostro contra mis agujas. Su cráneo resuena violentamente contra la madera de mi corazón. Los aplausos se interrumpen en seco. Le asesto un segundo golpe, más violento, luego un tercero. De repente, el tiempo parece detenerse. Me gustaría tener la fotografía de ese preciso instante. Los primeros gritos de los presentes desgarran el silencio, al tiempo que los primeros chorros de sangre salpican la ropa bien planchada de los lameculos de la primera fila. En cuanto la aguja de las horas penetra la pupila de su ojo derecho, su órbita se convierte en una fuente sangrienta. Todo el terror de Joe se concentra en su ojo izquierdo, que contempla los regueros de su propia sangre. Suelto a mi presa; Joe grita como un caniche al que le hubieran roto una pata. La sangre se escapa entre sus dedos. No experimento la menor compasión. Se instala un silencio cada vez más largo.

Mi reloj arde, apenas puedo tocarlo. Joe ya no se mueve. Tal vez esté muerto. Empiezo a asustarme. Collares de gotas de sangre vibran en el cielo. Alrededor, los alumnos están petrificados. Quizá he matado a Joe. Jamás habría creído que iba a temer por la vida de Joe.

Emprendo la fuga, atravesando el patio con la sensación de que el mundo entero me pisa los talones. Asciendo por el pilar derecho del patio para alcanzar el techo de la escuela. La conciencia de mi acto me hiela la sangre. Mi corazón emite los mismos ruidos que cuando recibí el rayo rosa de la pequeña cantante. Desde el techo, percibo la cima de la colina que destripa la bruma. *Oh, Madeleine, te vas a enfurecer…*

Un enjambre de aves migratorias me sobrevuela y se instala encima de mí; parecen dispuestas sobre una estantería de nubes. ¡Quisiera colgarme de sus alas, arrancarme de la tierra; habiendo volado por encima de todo las preocupaciones mecánicas de mi corazón desaparecerían! ¡Oh, pájaros, dejadme en brazos de la andaluza, yo encontraré mi camino!

Pero los pájaros están demasiado altos para mí, como el chocolate en el estante, las botellas de alcohol de lágrimas en la bodega, o como mi sueño de la pequeña cantante desde el momento en que apareció Joe. Si lo he matado, todo va a ser terriblemente complicado. Mi reloj me duele cada vez más. Madeleine, vas a tener trabajo.

Debo intentar retroceder en el tiempo. Tomo la aguja de las horas, aún tibia de sangre, y de un golpe seco, la lanzo en sentido inverso.

Mis engranajes rechinan, el dolor es insoportable. Escucho gritos, vienen del patio. Joe se cubre el ojo derecho. Estoy casi seguro de oír sus gritos de caniche lastimado.

Un profesor interfiere entre nosotros, oigo cómo los chicos me denuncian, todos los ojos escrutan el patio como radares. Presa del pánico, ruedo por el techo y salto al primer árbol que alcanzo. Me rasguño los brazos con las ramas y me estrello contra el suelo. La adrenalina me da energía para continuar; nunca había subido tan rápido la colina.

—¿Qué tal ha ido la escuela? ¿Todo bien? —pregunta Madeleine mientras ordena las compras en el armario de la cocina.

—Sí y no —le respondo, temblando.

Levanta sus ojos y me mira, ve mi aguja de las horas torcida, y me observa fijamente con su mirada reprobatoria.

—Has vuelto a ver a la pequeña cantante, ¿verdad? La última vez que viniste con el corazón en un estado tan penoso fue cuando la oíste cantar.

Madeleine me habla como si hubiera vuelto con los zapatos de domingo destrozados de tanto jugar a fútbol.

Mientras se dispone a enderezar mi aguja con la ayuda de una ganzúa, comienzo a contarle la pelea. Con tan solo recordar el episodio, mi corazón renueva sus latidos.

—¡Has hecho una tontería!

—¿Acaso puedo remontar el curso del tiempo cambiando el sentido del movimiento de mis agujas?

—No, forzarás los engranajes y te dolerá horrores. Pero no tendrá ningún efecto. No podemos volver jamás sobre nuestros actos pasados, ni siquiera con un reloj en el corazón.

Esperaba recibir una terrible reprimenda por haberle destrozado el ojo a Joe, pero Madeleine, por mucho que se esfuerza en parecer enfadada, no lo consigue. Su voz tiembla pero es más de inquietud que de cólera.

Como si le pareciera menos grave destrozarle el ojo a un abusón que enamorarse.

«Oh When the Saints…» El sonido de la canción irrumpe en la sala. Parece que Arthur nos hace una visita; sin embargo no es propio de él llegar a esas horas, tan tarde.

—Hay un montón de policías que suben por la colina y diría que vienen muy resueltos —dice resoplando.

—Tengo que escapar, vienen a buscarme por lo del ojo de Joe.

Me asaltan una variedad de emociones y se forma un nudo en mi garganta. Pero a la vez la dulce perspectiva de reencontrar a la pequeña cantante se mezcla con el miedo de tener que escuchar cómo suena mi corazón contra los barrotes de una celda. Pero el conjunto se ahoga en una oleada de melancolía. Se acabaron Arthur, Anna, Luna, y sobre todo se acabó Madeleine.

Me cruzaré con unas cuantas miradas de tristeza a lo largo de mi vida; sin embargo, la que me dedica Madeleine en este momento seguirá siendo —junto con otra— una de las más tristes que jamás conoceré.

—Arthur, corre en busca de Anna y Luna, y procura encontrar otro carruaje. Jack tiene que abandonar la ciudad lo antes posible. Yo me quedo aquí para recibir a la policía.

Arthur se sumerge en la noche. Con su paso renqueante avanza tan veloz como puede para llegar en un santiamén al pie de la colina.

—Voy a prepararte algunas cosas. Tienes que esfumarte en menos de diez minutos.

–¿Qué les dirás?

–Que no has vuelto. Y dentro de unos cuantos días, diré que has desaparecido. Cuando haya pasado un tiempo, te declararán muerto, y Arthur me ayudará a cavar tu tumba al pie de tu árbol favorito, junto a la de Cunnilingus.

–¿A quién vais a poner en el ataúd?

–Nada de ataúdes, solo un epitafio gravado en el árbol. La policía no lo comprobará. Es la ventaja de que me consideren una bruja, a nadie se le ocurrirá fisgonear en mis tumbas.

Madeleine me prepara un hatillo repleto de tarros de sus lágrimas y algo de ropa. No sé qué hacer para ayudarla. Podría pronunciar alguna frase importante, o ayudarla a doblar mi ropa interior, pero me quedo plantado como un clavo en el suelo.

Esconde el duplicado de las llaves de mi corazón en el bolsillo de mi abrigo para que pueda darme cuerda en cualquier circunstancia. Luego embute unas cuantas creps enrolladas en un papel marrón, mete más y más cosas en la maleta y esconde unos pocos libros en los bolsillos de mi pantalón.

–¡No voy a cargar con todo eso!

Intento hacerme el mayor, pero lo cierto es que todo su cuidado, todas sus atenciones y mimos me conmueven en lo más hondo. A modo de respuesta, me ofrece su famosa sonrisa llena de falsos contactos. En todas las situaciones, de las más divertidas a las más trágicas, Madeleine siempre prepara algo de comer.

Me siento sobre la maleta para cerrarla como es debido.

—En cuanto te instales en un lugar fijo, no te olvides de contactar con un relojero.

—¡Quieres decir un doctor!

—¡No, no, eso sí que no! Nunca visites a un doctor por un problema de corazón. No entendería nada. Tendrás que encontrar un relojero para arreglarlo.

Tengo ganas de confesarle todo el amor y el reconocimiento que siento por ella, multitud de palabras vacilan en mi boca, pero se niegan a franquear el dintel de mis labios. Me quedan los brazos, así que intento transmitirle el mensaje estrechándola contra mí con todas mis fuerzas.

—¡Cuidado, si nos abrazamos demasiado fuerte, te harás daño en el reloj! —dice ella, con su voz a un tiempo dulce y rota—. Ahora tienes que irte, no quisiera que te encontraran aquí.

El abrazo se deshace, Madeleine abre la puerta y antes de salir a la calle ya siento un frío gélido.

Mientras desciendo por la colina me bebo un tarro entero de lágrimas, corro como jamás lo he hecho en mi vida por este camino que conozco tan bien. Cuando termino de beber se aligera el peso de mi bolsa, pero no el de mi corazón. Devoro los creps para que absorba un poco de líquido. Mi vientre se dilata hasta darme aspecto de mujer embarazada.

Por la otra vertiente del antiguo volcán, veo pasar a los policías. Joe y su madre están con ellos. Tiemblo de miedo y de euforia.

Un carruaje nos espera al pie de Arthur's Seat. Entre las luces de las farolas parece un pedazo más de noche.

Anna, Luna y Arthur se instalan rápidamente en su interior. El cochero, que luce bigote hasta las cejas, anima a los caballos con su voz de cascotes. Con la mejilla pegada al cristal, contemplo Edimburgo desapareciendo entre la bruma.

Los Lochs se extienden de colina a colina, midiendo cada vez con mayor precisión la lejanía hacia la que me dirijo. Arthur ronca como una locomotora a vapor, Anna y Luna mecen su cabeza. Diríase que son gemelas. El tic-tac de mi reloj resuena en medio del silencio de la noche. Tomo conciencia de que todo este pequeño mundo que me ha visto crecer continuará sin mí.

Al amanecer, la melodía desencajada de «Oh When the Saints…» me despierta. Jamás la escuché cantada tan despacio. El carruaje se detiene.

—¡Hemos llegado! —exclama Anna.

Luna deposita sobre mis rodillas una vieja jaula para pájaros.

—Es una paloma mensajera que un cliente romántico me regaló hace unos años. Es un pájaro muy bien entrenado. Puedes escribir cartas y ponernos al corriente de tu vida. Enrolla las cartas alrededor de su pata izquierda, y ella nos hará llegar el mensaje. Nos podremos comunicar, te encontrará estés donde estés, incluso en Andalucía, ¡el país en el que las mujeres te miran directamente a los ojos! Buena suerte, pequeñito —añade en español mientras me abraza con fuerza.

5

Jack:

Esta carta es muy pesada, tanto que me pregunto si la paloma logrará alzar el vuelo con tales noticias.

Esta mañana, cuando Luna, Anna y yo llegamos a lo alto de la colina, la puerta de la casa estaba entreabierta, pero ya no había nadie. El taller estaba patas arriba, como si acabara de pasar un huracán. Habían revuelto todas las cajas de Madeleine, hasta el gato había desaparecido.

Fuimos inmediatamente en busca de Madeleine. Y al fin la encontramos en la prisión de Saint Calford. En el poco rato que nos autorizaron a verla, contó que la policía la había arrestado apenas unos minutos después de nuestra partida, y añadió que no había que preocuparse, que aquella no era la primera vez que la arrestaban y que todo se arreglaría.

Me gustaría poder escribir que ya la han soltado, me gustaría contarte que cocina con una mano, que con la otra arregla a algún infeliz, aunque te eche de menos, que se porta bien. Pero ayer por la noche Madeleine se marchó. Partió en un viaje que ella misma decidió emprender pero del que jamás podrá regresar. Dejó su cuerpo en la cárcel y su corazón se liberó. Soy consciente de que esta noticia te sumirá en un gran estado de tristeza, pero no olvides nunca que tú le has dado la alegría de ser una verdadera madre. Ese era el mayor sueño de su vida.

Ahora esperamos que la paloma nos traiga noticias tuyas. Espero que la paloma pueda alcanzarte pronto. La idea de que creas aún que Madeleine vive nos resulta cruel. Procuraré no releer esta carta, si no me arriesgo a no reunir jamás el valor para mandártela.

Anna, Luna y yo te deseamos el coraje necesario para superar esta nueva adversidad.

Con todo nuestro amor,

Arthur

P. D.: Y no lo olvides nunca, «¡Oh When the Saints!»

Cuando tengo mucho miedo, noto que la mecánica de mi corazón patina hasta tal punto que parezco una locomotora de vapor en el momento en que sus ruedas chirrían en una curva. Viajo sobre los raíles de mi propio miedo. ¿De qué tengo miedo? De ti, en fin, de mi sin ti. El vapor, pánico mecánico de mi corazón, se filtra por debajo de los raíles. Oh, Madeleine, que calentito me tenías. Nuestro último encuentro aún está tibio, sin embargo tengo tanto frío como si jamás te hubiera encontrado ese día, el día más frío del mundo.

El tren resopla con un estrépito punzante. Quisiera retroceder en el tiempo para entregarte el viejo trasto de mi corazón y dejarlo en tus brazos. Los ritmos sincopados del tren me provocan algunos sobresaltos que aprenderé a dominar, pero ahora mismo parece como si tuviera mariposas revoloteando en el corazón. ¡Oh, Madeleine, aún no he dejado atrás las sombras de Londres y ya me he bebido todas tus lágrimas! Oh, Madeleine, te prometo que en la siguiente parada iré a ver a un relojero. Ya lo verás, regresaré a tu lado en buen estado, lo bastante ajustado para que puedas ejercer de nuevo tus talentos de reparadora en mí.

Cuanto más tiempo paso en este tren más me asusta su potencia; es una máquina con una gran fuerza, con un corazón tan desatado como el mío. Debe de estar terriblemente enamorado de la locomotora que lo hace avanzar. A menos que, como yo, sufra la melancolía de lo que va dejando atrás.

Me siento solo en mi vagón. Las lágrimas de Madeleine han fabricado un torniquete bajo mi cráneo. Es necesario que vomite o que hable con alguien. Diviso a un tipo enorme apoyado contra la ventana, escribiendo algo. De lejos, su silueta evoca la de Arthur, pero cuanto más me aproximo, más desaparece esa sensación. Salvo por las sombras que proyecta, no hay nadie a su alrededor. Ebrio de soledad, me lanzo sin más:

—¿Qué está escribiendo, señor?

El hombre se sobresalta y esconde el rostro detrás de su brazo izquierdo.

—¿Le he asustado?

—Me has sorprendido.

Sigue escribiendo, aplicándose como si pintara en una tela. Bajo mi cráneo, el torniquete acelera su ritmo.

—¿Qué quieres, pequeño?

—Quiero ir a Andalucía para conquistar a una muchacha, pero lo cierto es que no sé nada del amor, de cómo proceder. Las mujeres a las que he conocido jamás quisieron enseñarme nada sobre este asunto y me siento solo en este tren… ¿Podría usted darme algún consejo?

—¡Has caído en muy mal lugar, muchacho! No soy muy ducho en cuestiones amorosas, precisamente… No con los vivos, en cualquier caso… No, con los vivos la cosa nunca ha funcionado.

Empiezo a sentir escalofríos. Leo por encima de su hombro, lo cual parece irritarle.

—Esta tinta roja…

—¡Es sangre! ¡Y ahora vete, muchacho, vete!

Copia una y otra vez la misma frase, metódicamente, sobre pedazos de papel: «Vuestro humilde servidor, Jack el Destripador».

—Tenemos el mismo nombre. ¿Será un buen presagio?

Se encoge de hombros; parece ofendido por no haberme impresionado más. El silbido de la locomotora se desgañita a lo lejos, la niebla atraviesa las ventanas. El frío me tiene paralizado.

—¡Vete, pequeño!

Golpea violentamente el suelo con su tacón izquierdo, como si pretendiera asustar a un gato. No soy ningún gato, pero de todos modos el truco funciona: estoy muerto de miedo. El estrépito que hace su bota rivaliza con el del tren. El hombre se vuelve hacia mí y observo que los rasgos de su rostro son afilados como cuchillas.

—¡Vete ahora mismo!

El furor de su mirada me recuerda a Joe, le basta mirarme para provocarme temblor de piernas. Se acerca salmodiando:

—¡Vamos, brumas! Haced estallar vuestros trenes hechizados, yo puedo fabricarlos, fantasmas, mujeres sublimes, rubias o morenas, recortables en la bruma…

Su voz se transforma en un estertor.

—¡Puedo destriparlas sin que se asusten... y firmar vuestro humilde servidor, Jack el Destripador! No tengas miedo, hijo mío, ¡muy pronto aprenderás a asustar para existir! No tengas miedo, hijo mío, muy pronto aprenderás a asustar para existir...

Mi corazón se acelera y mi cuerpo se tambalea, y esta vez no es a causa del amor. Corro desesperado por los pasillos del tren. No hay nadie. Jack me persigue, rompiendo los cristales de todas las ventanas con un machete. Un cortejo de aves negras se cuela en el tren y envuelve a mi perseguidor. Parece que él avanza más deprisa caminando que yo corriendo. Entro en un nuevo vagón, pero no hay nadie. El eco de sus pasos aumenta, las aves se multiplican, salen de su abrigo, de sus ojos, se arrojan sobre mí. Salto por encima de los asientos para ganar distancia. Me doy la vuelta, los ojos de Jack iluminan todo el tren, las aves me alcanzan, la sombra de Jack el Destripador, la puerta de la locomotora en el punto de mira. ¡Jack me va a destripar! ¡Oh, Madeleine! Ya no escucho el ruido de mi reloj, que me escuece hasta alcanzar el vientre. Su mano izquierda me agarra por el hombro. ¡Me va a aniquilar, me va a aniquilar y no habré tenido tiempo ni de enamorarme!

El tren está frenando, creo que entra en una estación.

—No tengas miedo, hijo mío, ¡muy pronto aprenderás a asustar para existir! —repite una última vez Jack el Destripador mientras esconde su arma.

Tiemblo de miedo. Desciende entonces por el estribo del tren y se evapora entre la multitud de pasajeros que esperan en el andén.

Sentado en un banco de la estación Victoria, recupero el aliento. El tic-tac de mi corazón aminora lentamente, la madera del reloj todavía quema. Me digo que enamorarse no debe de ser tan terrible como encontrarse solo en un tren fantasma con Jack el Destripador. Pensé que moriría en ese instante, a manos de un personaje siniestro. ¿Cómo es posible que una pequeña muchacha pueda desajustarme el reloj con más intensidad que un asesino? ¿Con qué? ¿Con sus ojos, su mirada turbadora? ¿El temible perfil de sus senos? Imposible. Todo eso no puede ser más peligroso que lo que acabo de vivir.

Un gorrión se posa sobre la aguja de mis minutos. Me sobresalto. ¡Me ha asustado, el muy tonto! Sus plumas acarician dulcemente mi esfera. Esperaré a que alce el vuelo y me apresuraré a abandonar Gran Bretaña.

El barco que me conduce a través del canal de la Mancha es mucho más agradable que el siniestro tren de Londres. A excepción de un puñado de viejas señoras con aspecto de flor marchita, no hay nadie que resulte espeluznante. De todos modos, las brumas de melancolía que me acosan tardan en disiparse. Le doy cuerda a mi corazón con ayuda de la llave, y ese es el momento en que yo mismo me siento dando vueltas. Dándoselas a los recuerdos, al menos. Es la primera vez en mi vida que me encuentro tan inclinado a recordar. Dejé mi casa ayer, pero tengo la sensación de haber partido hace mucho tiempo.

En París, desayuno a orillas del Sena, en un restaurante impregnado de ese olor a sopas de legumbres que por algún motivo siempre he detestado comer pero adoro oler. En el restaurante hay varias camareras de aspecto rollizo que me sonríen como se les sonríe a los bebés. Viejecitos encantadores discuten a media voz. Escucho el ruido de cazuelas y tenedores. La atmósfera acogedora me recuerda a la vieja casa de la doctora Madeleine. Me pregunto qué hará allí en lo alto de la colina, lo que me decide a escribirle.

> Querida Madeleine:
> Estoy en París y por ahora todo va bien. Espero que Joe y la policía te dejen tranquila. ¡No te olvides de llevar flores a mi tumba mientras esperas mi regreso!
> Te echo de menos, y a la casa también.
> Cuido mucho de mi reloj. Tal como me pediste, intentaré encontrar un relojero para recuperarme de tantas emociones. Dales un beso a Arthur, Luna y Anna de mi parte.
>
> *Little Jack*

Escribo poco a propósito, para que la paloma pueda volar ligera. Me gustaría tener noticias suyas muy pronto. Enrollo mis palabras alrededor de la pata del ave y la arrojo al cielo de París. Echa a volar de través. No hay duda, Luna ha querido hacerle un corte de plumas original para la estación amorosa. También le ha rasurado los costados de la cabeza, con lo que parece un cepillo de baño con alas. Me pregunto si no debería haber usado el servicio de correo convencional.

Antes de ir más lejos, debo encontrar un buen relojero. Desde que abandoné a Madeleine, mi corazón rechina con más fuerza que nunca. Me gustaría que estuviera debidamente ajustado para mi reencuentro con la pequeña cantante. Se lo debo a Madeleine. Llamo a la puerta de un joyero del bulevar Saint Germain. Un anciano prendido con cuatro alfileres se acerca y me pregunta el motivo de mi visita.

—Arreglar mi reloj…

—¿Lo lleva encima?

—¡Sí!

Me desabrocho el abrigo y después la camisa.

—Yo no soy médico —me responde tajante.

—¿Le importaría echarle una mirada para verificar que los engranajes están en su lugar?

—¡Te he dicho que no soy médico, no soy médico!

En su voz se aprecia bastante desdén, pero por mi parte procuro mantener la calma. Observa mi reloj como si le estuviera enseñando algo sucio.

—¡Ya sé que no es usted médico! Se trata sencillamente de un reloj clásico que hay que ajustar de vez en cuando para que funcione bien…

—Los relojes son instrumentos destinados a medir el tiempo, nada más. Apártate de ahí, tú y tu trasto diabólico. ¡Vete o llamaré a la policía!

Otra vez me invade ese sentimiento de impotencia, el mismo que me asaltaba en la escuela o cuando los matrimonio jóvenes en busca de una adopción me rechazaban. Por mucho que conozca esa sensación de injusticia, jamás lograré acostumbrarme a ella. Al contrario, cuanto mayor me hago, más dolorosa me resulta. ¡No es más que un maldito reloj de madera, solo unos engranajes que permiten latir a mi corazón!

Un viejo péndulo metálico con mil orfebrerías pretenciosas cuelga de la puerta de entrada a la tienda. Se parece a su propietario, igual que ciertos perros se parecen a su dueño. Justo antes de cruzar la puerta, le propino un señor puntapié, a lo futbolista profesional. El péndulo vacila, su peso golpea violentamente contra sus paredes. En cuanto salgo al bulevar Saint Germain, un estrépito de cristales estalla a mis espaldas. Es increíble lo que ese ruido consigue relajarme.

El segundo relojero, un hombre gordo y calvo, de unos cincuenta años, se muestra más comprensivo.

–Deberías ir a ver al señor Méliès. Es un ilusionista muy inventivo; estoy seguro de que él estará más preparado que yo para solucionar tu problema, pequeño.

–¡Necesito un relojero, no un mago!

–Ciertos relojeros son un poco magos, y este mago es un poco relojero, como Robert-Houdin,[1] a quien, por cierto, acaba de comprarle un teatro –dice maliciosamente–. ¡Ve a verle de mi parte y estoy convencido de que te ajustará a la perfección!

1. Jean-Eugène Robert-Houdin (1805-1871), relojero, ilusionista, inventor, entre otros instrumentos, del cuentakilómetros, así como de varios aparatos oftalmológicos. Houdin montó un teatro donde fabricaba relojes equipados con pájaros cantores y otras proezas mecánicas. Su influencia sobre el trabajo de Georges Méliès (primer realizador cinematográfico, padre de los efectos especiales) fue considerable, y el célebre mago Houdini eligió su apodo en homenaje a este precursor. *(N. del A.)*

No comprendo por qué este simpático señor no me cura él mismo, pero su modo de aceptar mi problema resulta reconfortante. Y además me entusiasma la idea de conocer a un mago que además es mago-relojero. Se parecerá a Madeleine, puede incluso que sea de la misma familia.

Cruzo el Sena. La elegancia de la catedral gigante me produce tortícolis; los vestidos, melenas y traseros, también. Esta ciudad es una tarta de adoquines de varios pisos con un sagrado corazón encima. Por fin llego al bulevar de los Italianos, donde se encuentra el famoso teatro. Un hombre joven y bigotudo de viva mirada me abre la puerta.

—¿Vive aquí el mago?

—¿Cuál? —me responde, como en un juego de adivinanzas.

—Uno llamado Georges Méliès.

—¡Soy yo mismo!

Se mueve como un autómata, a sacudidas, pero resulta gracioso. Habla deprisa; sus manos, signos de exclamación vivientes, puntúan sus palabras. Cuando le relato mi historia, me escucha con mucha atención, pero lo que más le interesa es el final:

—Aunque este reloj me sirva de corazón, el trabajo de mantenimiento que le solicito no sobrepasará sus funciones de relojero.

El relojero-prestidigitador abre la esfera, me ausculta con un aparato que le permite ver más fácilmente los elementos minúsculos, lo cual parece enternecerle, como si su infancia desfilara por debajo de sus párpados.

Acciona el sistema y pone en marcha el cuclillo, luego declara su admiración por el trabajo de Madeleine.

—¿Cómo te las has arreglado para torcer la aguja de las horas?

—Creo que está relacionado con que me enamoré. A veces me invade la furia, pues no sé nada del amor. En ocasiones intento acelerar o ralentizar el tiempo. ¿Está muy dañado?

Ríe con una risa de niño con bigote.

—No, todo funciona la mar de bien. ¿Qué quieres saber exactamente?

—Bueno, la doctora Madeleine dice que este corazón postizo no es compatible con el estado amoroso. Está convencida de que no resistiría semejante choque emocional.

—¿Ah, sí? Vaya…

Frunce los ojos y se acaricia el mentón.

—Puede que ella piense eso… pero tú no estás obligado a tener la misma opinión, ¿verdad?

—No tengo la misma opinión, es verdad. Pero cuando vi a la pequeña cantante por primera vez, sentí como si se declarara un terremoto bajo mi reloj. Los engranajes rechinaban, mi tic-tac se aceleraba. Me sofocaba, se me liaban los pies, todo se desajustó.

—¿Y te gustó?

—Me encantó…

—¡Ah! ¿Y entonces?

—Entonces tuve miedo de que Madeleine estuviera en lo cierto.

Georges Méliès sacude la cabeza mientras se alisa el bigote. Busca las palabras como un cirujano elegiría los instrumentos.

—Si tienes miedo de hacerte daño, aumentas las probabilidades de que eso mismo suceda. Fíjate en los funambulistas, ¿crees que piensan en que tal vez caerán cuando caminan cuidadosamente por la cuerda? No, ellos aceptan ese riesgo y disfrutan del placer que les proporciona desafiar el peligro. Si te pasas la vida procurando no romperte nada, te aburrirás terriblemente... ¡No conozco nada más divertido que la imprudencia! ¡Mírate! ¡Digo «imprudencia» y se te encienden los ojos! ¡Ja, ja! Cuando a los catorce años se decide cruzar Europa para ir en busca de una muchacha es que se tiene una seria tendencia a ser imprudente, ¿verdad?

—Sí, sí... Pero ¿no conocerá usted algún truco para reforzar un poco mi corazón?

—Oh, claro... Escúchame bien, ¿estás listo? Escúchame muy atentamente: el único truco, como dices, que te permitirá seducir a la mujer de tus sueños, es justamente tu corazón. No este en forma de reloj que te añadieron cuando naciste. Te hablo del verdadero, el de debajo, hecho de carne y de sangre, el que vibra. Es con ese con el que tienes que trabajar. Olvídate de tus problemas de mecánica, así les quitarás importancia. ¡Sé imprudente y, sobre todo, entrégate sin reservas!

Méliès es muy expresivo; su ojos, boca, todos su rostro se ilumina cuando habla. Su bigote parece articulado por su sonrisa, un poco como el de los gatos.

—Pero debes saber que no siempre funciona. No puedo garantizarte nada. Debo ser honesto y decirte que yo mismo acabo de fracasar con la mujer que creía que sería la mujer de mi vida. En cualquier caso, es evidente que no existe ningún «truco» que funcione siempre y en todas las ocasiones.

Este prestidigitador, que algunos tratan de genio, acaba de darme un curso de brujería amorosa para terminar confesando al fin que su última poción le ha estallado en los morros. Debo admitir, sin embargo, que me hace bien, me inspira confianza cuando manipula mis engranajes y me gusta lo que me cuenta. Es un hombre tranquilo, que sabe escuchar. Uno siente que entiende a los seres humanos. Quizá haya logrado captar los mecanismos psicológicos del hombre. En pocas horas, nos hacemos muy amigos.

—Bueno, a estas alturas podría escribir un libro sobre tu vida, siento que la conozco como si fuera la mía propia —me dice.

—Escríbalo. Si un día tengo hijos, lo podrán leer. Pero si usted quiere saber cómo sigue, ¡tendrá que venir conmigo a Andalucía!

—¿No querrás a un prestidigitador deprimido como compañero en tu peregrinaje amoroso?

—Sí, me encantaría.

—¡Ya sabes que soy capaz de hacer fracasar hasta los milagros!

—Estoy seguro de que no.

—Déjame la noche para que lo piense, ¿quieres?

—De acuerdo.

En cuanto los primeros rayos de sol comienzan a filtrarse a través de las cortinas del taller de Georges Méliès, escucho un grito:

—¡Andalucía! ¡Anda! ¡Andalucía! ¡Anda! ¡AndaaaaAAAH!

70

Un loco en pijama —diríase que es un personaje salido directamente de una ópera— hace su aparición.

—De acuerdo, pequeño señor. Me hace falta viajar, en sentido propio y figurado; no voy a dejarme aplastar eternamente por la melancolía. ¡Un enorme banquete de aire fresco, he aquí lo que vamos a procurarnos! Si es que aún me quieres como compañero.

—¡Pues claro! ¿Cuándo nos vamos?

—¡En cuanto desayunemos! —responde mostrándome su fardo de viaje.

Nos instalamos en una mesa coja a engullir un chocolate caliente y unas tostadas rebanadas con confitura un poco reblandecidas. Definitivamente, este desayuno no es tan bueno como el que tomamos en casa con Madeleine, pero es divertido desayunar en un ambiente como este.

—¿Sabes? Cuando estaba enamorado, no paraba de inventar cosas. Una montaña entera de artificios, ilusiones y trucos, para divertir a mi novia. Creo que al final se hartó de mis historias fantásticas —dice, con el bigote a media asta—. Incluso pensé en crear un viaje a la luna solo para ella, pero lo que debería haberle regalado es un viaje real por la tierra. Pedir su mano, regalarle un anillo, buscar una casa más habitable que mi viejo taller, no lo sé… —dice, suspirando—. Un día, corté unas planchas de esa estantería, luego les fijé unas ruedecillas recicladas de una camilla, para que fuéramos los dos a patinar bajo el claro de luna, pero ella no quiso subirse. Y tuve que arreglar de nuevo las estanterías. El amor no es fácil todos los días, el amor… pequeño —repite, pensativo—. ¡Pero tú y yo sí que vamos a subirnos a esas planchas! ¡Recorreremos media Europa en nuestras planchas con ruedas!

—Pero imagino que también iremos en tren… Porque, a decir verdad, ando un poco ajustado de tiempo.

—¿Asustado del tiempo?

—También.

Creeríase que mi reloj es un imán de corazones rotos. Madeleine, Arthur, Anna, Luna, incluso Joe, y ahora Méliès. Tengo la impresión de que sus corazones merecerían, aún más que el mío, los cuidados de un buen relojero.

6

¡Proa hacia el Sur! Henos ahí, en marcha por las carreteras de Francia, peregrinos sobre patines en busca del sueño imposible. Menuda pareja formamos: un adulto desgarbado con bigotes de gato y un pelirrojo con el corazón de madera. Somos Don Quijotes al asalto de los paisajes del *western* andaluz. Luna me ha descrito el sur de España como un lugar imprevisible en el que los sueños conviven con las pesadillas, de la misma manera que conviven indios y vaqueros en el Oeste americano. Vivir para ver.

Por el camino charlamos mucho. Méliès, en cierto sentido, se ha convertido en mi Doctor Love, la antítesis de Madeleine, pero también es cierto que en el fondo son parecidos en muchas cosas. Por mi parte, intento animarle en su (re)conquista amorosa.

—Quizá ella aún te quiere… Un viaje a la luna, aunque sea en un cohete de cartón, todavía podría gustarle, ¿no?

—Bah, no lo creo. Le parezco ridículo con todas mis chapuzas; estoy seguro de que terminará enamorándose de un científico o de un militar, visto cómo ha terminado todo.

Incluso sumergido en la melancolía, mi relojero prestidigitador conserva una fuerza cómica muy poderosa. Su bigote torcido, que el viento agita sin cesar, contribuye a esa imagen.

Jamás me he reído tanto como en esta fabulosa cabalgata. Viajamos clandestinamente en trenes de mercancías, dormimos poco y comemos cualquier cosa. Yo, que vivo con un reloj en el corazón, ya no miro la hora. La lluvia nos ha sorprendido tantas veces que me pregunto si no habremos encogido. Pero nada puede detenernos. Y nos sentimos más vivos que nunca.

En Auxerre, nos vemos obligados a dormir en el cementerio. A la mañana siguiente, desayuno sobre lápida a modo de mesita baja. Esto es vida.

En Lyon, atravesamos el puente de la Guillotière montados en nuestras planchas rodantes, agarrados a la parte trasera de un carruaje. Los viandantes nos aplauden como si fuéramos los primeros corredores del Tour de Francia.

En Valence, después de una noche de vagabundeo, una anciana señora que nos toma por sus nietos nos endilga el mejor pollo con patatas fritas del mundo. También nos ofrece un agradable baño de jabón que nos deja como nuevos y un vaso de limonada sin burbujas. Qué grandísima vida.

Limpitos y relucientes, partimos al asalto de las puertas del Gran Sur. Orange y su policía ferroviaria, poco dispuesta a dejarnos dormir en un vagón de ganado,

Perpiñán y sus primeros perfumes de España. Kilómetro a kilómetro, mi sueño se ensancha en todas sus posibilidades. ¡Miss Acacia, ya llego!

Al lado de mi Capitán Méliès, me siento invencible. Atravesamos la frontera española, arqueados sobre nuestras planchas rodantes. Un viento cálido penetra en mi interior y transforma las agujas de mi reloj en aspas de molino. Un molino que muele los granos del sueño para convertirlos en realidad. ¡Miss Acacia, ya llego!

Tras atravesar ciudades y paisajes diferentes, creo intuir que nos acercamos a Andalucía: veo un ejército de olivos que nos abre el camino, relevados por naranjos que acurrucan sus frutos en el mismo cielo. Infatigables, avanzamos. Las montañas rojas de Andalucía recortan ahora nuestro horizonte.

De repente un estruendo hace temblar el cielo y de entre las nubes un rayo ilumina nuestro camino. Lo cierto es que ha caído demasiado cerca. Méliès me hace una señal para que esconda mi chatarra; no es aún el momento de atraer los relámpagos.

Un pájaro se nos acerca, planeando como lo haría un carroñero. El circo de rocas que nos rodea lo hace inquietante. Pero no es más que la vieja paloma mensajera de Luna, que me trae noticias de Madeleine. Me alivia verlo regresar, pues, a pesar de la excitación de la aventura, de la materialización de mis sueños, no olvido a Madeleine ni por un minuto.

La paloma se posa en medio de una minúscula nube de polvo. Mi corazón se acelera; estoy impaciente por leer esa carta. ¡Pero no consigo atrapar esa maldita pa-

loma! El indio bigotudo que me acompaña se pone a
ulular para amansarla, y termino apoderándome al fin
de su cuerpo emplumado.

Vano esfuerzo, la paloma viaja sin carga. No queda
sino un resto de hilo atado a su pata izquierda. Ninguna
carta de Madeleine. El viento se habrá hecho con ella.
Quizá en los alrededores de Valence, o en el valle del
Roine, donde penetra con todas sus fuerzas antes de ir
a morir al sol.

Me inunda el desconcierto y la decepción, como si
acabara de abrir una caja de regalo repleta de fantasmas.
Me siento encima de mi plancha y garabateo rápidamente unas líneas.

> Querida Madeleine:
> Tendrás que resumirme tu primera carta en el si-
> guiente envío, pues este asno de paloma la ha arrojado
> antes de hacérmela llegar.
> He encontrado un relojero que cuida de mi reloj, es-
> toy muy bien.
> Te echo mucho de menos. A Anna, Luna y Arthur
> también.
> Un beso,
>
> *Jack*

Méliès me ayuda a enrollar correctamente el papel
alrededor de la pata de la paloma.

—¡Si supiera que estoy a las puertas de Andalucía,
cabalgando detrás de mi amor, se enfadaría muchísimo!

—Las madres sufren por sus hijos y los protegen
como pueden, ¡pero ya es hora de que abandones el
nido! ¡Mira tu corazón! ¡Es mediodía! ¡Ahora es cuando hay que lanzarse! Ya has visto lo que pone en el car-

tel que tenemos justo enfrente: ¡«Granada»! ¡Anda, anda!
–ulula Méliès en español, con un leve temblor en sus
palabras.

En una caza del tesoro, tan pronto como los resplandores de las monedas de oro empiezan a filtrarse por la
cerradura del cofre, la emoción nos embarga y apenas
osa uno abrir la tapa. Miedo a ganar.

¡Incubo este sueño desde hace tanto tiempo! Joe me
lo aplastó contra el cráneo, y he tenido que recoger los
pedazos. Empleé toda mi paciencia en reconstituir men-
talmente aquel huevo lleno de imágenes de la pequeña
cantante. Helo ahí a punto de eclosionar y la angustia me
paraliza. La Alhambra nos tiende sus arabescos contra
un cielo opalino. Los carros traquetean. Mi reloj traque-
tea. El viento se levanta, levanta el polvo, alza los vestidos de las mujeres. ¿Me atreveré a hablarte, Miss Acacia?

Apenas hemos llegado a la vieja ciudad, comenzamos a
buscarla en una sala de espectáculos. El resplandor es
casi insoportable. Méliès hace la misma pregunta en todos los teatros que vamos encontrando en nuestro camino:

–Una pequeña cantante de flamenco que no ve muy
bien, ¿no os suena?

Localizar un solo copo en una tormenta de nieve sería más fácil. El crepúsculo termina por apagar los ardo-
res rojo anaranjados de la ciudad, pero no hemos tenido
suerte con Miss Acacia.

–Hay muchas cantantes de ese estilo por aquí… –responde un buen hombre mientras barre la entrada del
enésimo teatro.

—No, no, no, la que decimos es extraordinaria. Es muy joven, catorce o quince años, pero canta como un adulto, y se tropieza a menudo con todo lo que la rodea.

—Si es tan extraordinaria como decís, probad en el Extraordinarium.

—¿Qué es eso?

—Un viejo circo reconvertido en feria. Allí se ven espectáculos de todo tipo, caravanas de trovadores, bailarinas estrella, trenes fantasma, tiovivos de elefantes salvajes, aves cantoras, paradas de monstruos vivientes… Tienen a una pequeña cantante, creo. Está en la calle de Pablo Jardim número siete, en el barrio de la Cartuja, a un cuarto de hora de aquí.

—Muchas gracias, señor.

—Es un lugar curioso, tiene que gustarte… ¡Buena suerte en cualquier caso!

Mientras nos dirigimos hacia el Extraordinarium, Méliès me prodiga sus últimos consejos.

—Tienes que comportarte como un jugador de póquer. Jamás muestres tus dudas ni tu miedo. En tu mano tienes una carta maestra, tu corazón. Crees que es una debilidad, pero si tomas la opción de asumir esa fragilidad, este reloj-corazón te convertirá en alguien especial. ¡Lo que te hace diferente será tu arma de seducción!

—¿Mi discapacidad como arma de seducción? ¿Lo dice en serio?

—¡Pues claro! ¿Acaso a ti no te ha encandilado ella a pesar de su defecto en la vista?

—Oh, no es eso…

—No es eso, evidentemente, pero esta «diferencia» participa de su encanto. Utiliza la tuya. Es el momento.

Son las diez de la noche cuando entramos en el recinto del Extraordinarium. Recorremos sus callejuelas, la música resuena por todas partes, varias melodías se superponen en un alegre guirigay. De los puestos se desprende un olor de fritura y de polvo. ¡Debe de tenerse siempre sed aquí!

El ensamblaje de barracas endebles da la impresión de que puede derrumbarse al menor soplo. La casa de los pájaros cantores se parece a mi corazón, pero más grande. Hay que esperar a que suene la hora en punto para verlos salir de la esfera; es más fácil arreglar un reloj cuando no hay nada vivo adentro.

Después de haber dado vueltas durante un buen rato, descubro un cartel que anuncia, con fotos y todo, el espectáculo de la velada.

MISS ACACIA, FLAMENCO PICANTE, 22 HORAS, EN EL ESCENARIO PEQUEÑO, DELANTE DEL TREN FANTASMA.

Reconozco inmediatamente los rasgos de su rostro. ¡Cuatro años dándole vueltas a mis sueños, y he aquí que al final del camino la realidad se impone! Me siento como un polluelo con vértigo en su primer día de vuelo. El nido mullido de la imaginación se esconde, voy a tener que lanzarme al vacío.

Las rosas de papel cosidas al vestido de la pequeña cantante dibujan el mapa del tesoro de su cuerpo. Un temblor eléctrico recorre mi cuerpo. Parece que voy a estallar de nervios; no puedo contener mi alegría a la vez que desesperación.

Nos dirigimos al lugar y nos instalamos en los asientos del público. El escenario es un simple estrado levantado al abrigo de una rulot. Y pensar que en unos instantes la veré… ¿Cuántos millones de segundos habrán huido desde el aniversario de mis diez años? ¿Cuántos millones de veces habré soñado con este momento? La euforia que se apodera de mí es tan intensa que me cuesta quedarme sentado. En mi pecho, sin embargo, el orgulloso molino de viento dispuesto a arrasar a su paso con todo ha vuelto a convertirse en un minúsculo cuco suizo.

La gente de la primera fila se vuelve hacia mí, molestos por el ruido cada vez más escandaloso de mi reloj. Méliès les responde con su sonrisa de gato. Tres muchachas se ríen y dicen algo en español que debe parecerse a «Se ha escapado de la parada de los monstruos, ese par». Admito que necesitaríamos un buen planchado.

De repente, las luces se apagan. Una música cobriza invade el espacio, y detrás del telón entreveo una sombra en movimiento. Una sombra familiar…

La pequeña cantante entra en escena, repiqueteando en el escenario con sus escarpines amarillos. Comienza su danza de pájaro en equilibrio sobre sus tacones. Su voz de escuálido ruiseñor suena aún mejor que en mis sueños. Quisiera tomarme el tiempo de contemplarla tranquilamente, aclimatar mi corazón a su presencia.

Miss Acacia arquea sus riñones, su boca se entreabre; diríase que un fantasma la besa en ese mismo instante. Cierra sus ojos inmensos mientras hace sonar las palmas de sus manos alzadas como castañuelas.

Durante una canción muy íntima, mi corazón se acelera. Siento más vergüenza que en toda mi vida. Los ojos risueños de Méliès me ayudan a no sufrir un ataque de ansiedad.

El modo en que mi pequeña cantante se pelea consigo misma resulta casi incongruente en un lugar tan vetusto. Diríase que alumbra su propia llama en la maqueta de plástico de un estadio.

Al final del espectáculo, mucha gente la solicita para intercambiar unas palabras o conseguir un autógrafo. Tengo que hacer cola como todo el mundo, aunque no pida un autógrafo, sino la luna. Ella y yo acurrucados en su media luna.

—La puerta de su camerino está abierta, ¡y no hay nadie! —me susurra Méliès.

Aprovecho para colarme dentro como si fuera un vulgar ladrón.

Cierro la puerta del exiguo camerino y me tomo el tiempo de observar su cajita de maquillaje, su regimiento de frasquitos de purpurina y su ropero, que no habría disgustado al hada Campanilla. Esta cercanía de su feminidad me incomoda pero también es agradable; la delicadeza de su perfume me embriaga. La espero, sentado en la puntita de su canapé.

Súbitamente la puerta se abre. La pequeña cantante entra con aires de huracán con faldas. Sus escarpines amarillos salen disparados. Llueven horquillas de pelo. Se sienta delante de su tocador. Mantengo la respiración y no muevo ni una pestaña de modo que un muerto haría más ruido que yo.

Empieza a desmaquillarse, tan delicadamente como una serpiente rosa se libraría de su muda, y luego se pone un par de anteojos.

—¿Qué hace usted ahí? —dice al percibirme en el reflejo del espejo.

—Disculpe la intromisión. Desde que la escuché cantar hace ya algunos años, no he tenido más que un sueño: volver a encontrarla. He cruzado la mitad de Europa para conseguirlo. Me han aplastado huevos en la cabeza, y a punto estuve de hacerme destripar por un especialista del amor. Es cierto, soy una especie de discapacitado del gran amor, y se supone que mi corazón postizo no es capaz de aguantar el terremoto emocional que siento cuando la veo, pero, qué le voy a hacer, late por usted.

He aquí todo lo que soy capaz de decir, atropellado y confuso, pero cierto. Ahora permanezco tan callado como una orquesta de lápidas.

—¿Cómo ha podido entrar?

Está enfadada, pero la sorpresa parece atenuar su cólera. Hay un fondo de curiosidad en el modo en que vuelve a sacarse las gafas.

Méliès me lo había advertido: «Atención, es cantante, es hermosa, no debes de ser el primero al que le pasa por la cabeza… El colmo de la seducción consiste en hacerle creer que no estás intentando seducirla».

—Me he apoyado en su puerta, que estaba mal cerrada, y he aterrizado sobre su canapé.

—¿Y le pasa a menudo eso de aterrizar así en el camerino de una muchacha que se dispone a cambiarse?

—¡No, no, a menudo no!

Tengo la sensación de que cada una de las palabras que pronuncie será de gran importancia.

—¿Y dónde suele caer normalmente? ¿Directamente en la cama o bajo la ducha?

—Normalmente no me caigo.

Intento recordar el curso de brujería rosa de Méliès. «Muéstrate tal como eres, hazla reír o llorar, pero fingiendo que quieres ser su amigo. Interésate por ella, y no solamente por su trasero. Deberías lograrlo, ya que no te preocupas solo por su trasero, ¿no es cierto?»

Sí que es cierto, pero ahora que lo he visto en movimiento, estoy hipnotizado, cosa que complica singularmente la situación.

—¿No sería usted el que hacía resonar un tic-tac de mil demonios durante el concierto? Ese ruido me resulta familiar, me parece que le reconozco…

—¿Me reconoce?

—Bueno, ¿qué quiere?

Tomo impulso y cojo todo el aire que me queda en el pecho.

—Quisiera regalarle una cosa. No se trata de flores, ni tampoco de chocolate…

—¿Y qué es, entonces?

Saco el puñado de gafas de mi bolsa, se lo ofrezco concentrándome en no temblar. Tiemblo de todos modos, el ramillete tintinea.

Ella adquiere la expresión de una muñeca enfurruñada. En ese gesto pueden esconderse igual de bien la sonrisa y la cólera; no sé a qué atenerme. El montón de gafas pesa, y me siento muy ridículo.

—¿Qué es esto?

—Un ramillete de gafas.

—No son mis flores preferidas.

De repente, entre su mentón y la comisura de sus labios, se dibuja una microscópica sonrisa.

—Gracias, pero ahora quisiera cambiarme tranquila.

Me abre la puerta, la luz de la farola la deslumbra. Interpongo mi mano entre la farola y sus ojos, su frente se crispa dulcemente. Es un instante de maravillosa turbación.

—No me pongo mis gafas. Tengo la cabeza demasiado pequeña y no me favorecen, parezco una mosca.

—Yo creo que le quedan muy bien.

La muchacha acababa de aligerar cierta tensión; creo que mi comentario le ha gustado y le ha dado seguridad. El breve silencio que sigue es dulce como una tormenta de margaritas.

—¿Podríamos volver a vernos, con o sin gafas?

—Sí.

7

Pronuncia un sí minúsculo, apenas dicho entre sus labios como la punta del pico de un polluelo, pero resuena en mi interior como mil tambores. Los escalofríos ponen en marcha el ruido de mi tic-tac, que parece el de un collar de perlas que se desliza entre sus dedos. Me siento invenciblemente feliz.

—¿Ha aceptado tu ramillete de gafas torcidas? —me pregunta Méliès—. ¡Le gustas! ¡No se acepta un regalo tan patético si no se siente algo! —añade, divertido.

Después de haberle contado a Méliès todos los detalles de nuestro primer encuentro improvisado, y una vez que la euforia se aplaca de nuevo, le pido que revise un poco mi reloj, porque jamás antes había sentido emociones tan intensas. Oh, Madeleine, te vas a enfurecer... Méliès recupera su gran sonrisa de bigote, y enseguida se pone a manipular suavemente mis engranajes.

—¿Te duele algo?

—No, creo que no.

—Tienes los engranajes un poco calientes, pero nada anormal, todo funciona muy bien. Venga, ahora nos vamos. Necesitamos un buen baño y un lugar donde dormir.

Tras explorar el Extraordinarium, elegimos un campamento de barracas abandonadas para pasar la noche. Y a pesar de la decrepitud de esos lugares y del hambre que nos atenaza, dormimos como bebés.

Se acerca el alba y ya he tomado una decisión: tengo que arreglármelas para conseguir trabajo en los alrededores.

En el Extraordinarium todos los puestos están ocupados. Todos salvo uno, en el tren fantasma, donde hace falta alguien para asustar a los pasajeros durante el trayecto. A fuerza de tenacidad he terminado consiguiendo una entrevista con la dueña del lugar al día siguiente por la tarde.

En espera de que las cosas mejoren, Méliès practica unos cuantos juegos de manos en la entrada con su vieja baraja de cartas trucadas. Tiene mucho éxito, sobre todo con las mujeres. Las «bellezas», como él las llama, se amontonan alrededor de su mesa de juego y se maravillan con cada uno de sus gestos. Él les explica que está a punto de inventar una historia en movimiento, una especie de libro fotográfico que se animará. Él sí sabe cómo fascinar a las «bellezas».

Esta mañana le he visto recoger cartones y recortar siluetas de cohetes. Creo que aún piensa en recuperar a su novia; vuelve a hablar de viajar a la luna. Su máquina de los sueños se pone de nuevo en marcha, lentamente.

Son las seis de la tarde cuando me presento ante la gran barraca de piedra del tren fantasma. Me recibe la dueña, una anciana arrugada que responde al nombre de Brigitte Heim.

Los rasgos de su rostro transmiten cierta crispación, parece que muerde un cuchillo entre los dientes. Lleva unos zapatos grandes y viejos; son sandalias de monja, ideales para aplastar sueños.

—Entonces dime, ¿Cómo es que quieres trabajar en el tren fantasma, enano?

Su voz recuerda a los gritos que pudiera dar una avestruz, una avestruz de bastante mal humor. Tiene el don de provocar angustia inmediata.

—¿Qué sabes hacer para asustar?

La última frase de Jack el Destripador regresa a mis oídos como un eco: «Muy pronto aprenderás a asustar para existir».

Me desabrocho la camisa y doy una vuelta con la llave para hacer sonar al cuco. La dueña me observa con el mismo desdén que el relojero parisino.

—¡No nos vamos a hacer millonarios con eso! Pero no tengo a nadie, así que me parece bien que trabajes aquí.

Me trago mi orgullo, pues me gustaría enviarla a paseo pero necesito este maldito trabajo.

La patrona me arrastra y me enseña el recorrido del tren.

—Tengo un acuerdo con el cementerio, recupero los cráneos y los huesos de los muertos cuyas familias ya no pueden pagar la concesión —dice, mientras me obliga a visitar orgullosa su siniestra atracción—. Buena decoración para un tren fantasma, ¿no te parece? ¡De todos modos, si yo no me los quedara, terminarían en la basura! ¡Ja, ja, ja! —afirma con una voz a la vez seca e histérica.

Los cráneos y las telas de araña están metódicamente dispuestos para filtrar la luz de unos candelabros. En el resto del recorrido no hay ni una sola mota de polvo, nada fuera de lugar. Me pregunto en qué vacío intersideral debe habitar esta vieja para que se pase la vida haciendo limpieza en estas catacumbas.

Me vuelvo hacia ella:

—¿Tiene usted hijos?

—¡Vaya pregunta! No, tengo un perro; estoy la mar de bien con mi perro.

Si un día llego a viejo con la suerte de tener hijos y, por qué no, también nietos, creo que lo que me apetecerá será construir casas que se llenen de correteos, de risas y de chillidos. Pero si al final no tengo nada de eso, las casas vacías y llenas de silencio no serán una opción.

—Está prohibido tocar el decorado. Si pisas un cráneo y se rompe, ¡lo pagas!

«Pagar», su palabra favorita.

Ella quiere saber el porqué de mi viaje a Granada. Le cuento rápidamente mi historia. Digamos más bien que lo intento, pues no deja de interrumpirme.

—No me creo ni tu historia del corazón mecánico ni tu historia del corazón a secas. Me pregunto quién te habrá hecho tragar tales tonterías. ¿Acaso crees que puedes hacer milagros con ese desatino? ¡Vas a caer desde muy alto tú, a pesar de ser pequeño! A la gente no le gustan las cosas demasiado diferentes, y menos aún la gente que se cree diferente. Aunque las aprecien como espectáculo, se trata solo del placer del mirón. Para ellos, ir a ver a la mujer con dos cabezas viene a ser lo mismo que asistir a un accidente. He visto a muchos hombres aplaudiéndola, pero a ninguno que se enamore de ella. Lo mismo te pasará a ti. Disfrutarán, tal vez, contemplando tus males cardíacos, pero jamás te querrán por lo que eres. ¿De verdad crees que una muchacha hermosa como la que me has descrito querrá galantear con un tipo que tiene una prótesis en lugar de corazón? Yo misma lo habría encontrado repulsivo… En fin, mientras consigas asustar a mis clientes, ¡todo el mundo contento!

La espantosa Brigitte Heim se une al pelotón de mis odiados. Pero no sabe cuán grueso es el caparazón de sueños que yo mismo me he ido fabricando desde pequeño. ¡Soy la tortuga más firme del mundo! Me marcho a devorar la luna como un crep fosforescente mientras pienso en Miss Acacia. Puedes pasearte cuanto quieras a mi alrededor con tu rictus de muerta viviente, pues no me arrebatarás nada.

Son las diez y da comienzo mi primera noche de trabajo. El tren está prácticamente lleno. En una media hora, entro en escena. Es el momento de ponerse a ensayar los sustos. Estoy un poco nervioso, porque me es absolutamente necesario conservar este trabajo si quiero seguir siendo el vecino oficial de la pequeña cantante.

Preparo mi corazón de modo que se transforme en un instrumento horripilante. En lo alto de la colina me entretenía metiendo todo tipo de cosas en el interior de mi reloj: piedras, papeles de periódico, pelotas, etc. Los engranajes rechinaban, el tic-tac se volvía caótico y el cuco daba la misma impresión que un bulldozer en miniatura paseándose por mis pulmones. Madeleine le tenía horror a eso…

Son las diez y media. Estoy colgado de la pared del último vagón, tal como un indio preparado para atacar una diligencia. Brigitte Heim me observa con el rabillo de sus ojos torvos. ¡Qué grande es mi sorpresa cuando percibo a Miss Acacia tranquilamente instalada en una vagoneta del tren fantasma! La angustia, que aumenta en una ola repentina, hace crepitar mi tic-tac.

El tren arranca, salto de vagón en vagón; he aquí mi conquista del Oeste amoroso. No puedo sino quedar bien. ¡Estoy jugándome mi destino! Rasgo mi cuerpo contra la pared de los coches, el cuco restalla como una máquina de palomitas. Pego la superficie helada de mi aguja de las horas en la espalda de los clientes, entono «Oh When the Saints» pensando en Arthur. Logro arrancar algunos gritos. *¿Qué sabes hacer para asustar?* Pero yo quiero salir de mi envoltorio corporal, proyectar el sol sobre los muros y que ella lo vea, que eso la haga entrar en calor y tenga ganas de abrazarme. En lugar de eso, a modo de *finale*, aparezco unos pocos segundos bajo la luz blanca bombeando exageradamente el torso. Me abro la camisa, se pueden ver entonces el movimiento de los engranajes bajo mi piel a cada latido. Mi actuación es saludada por el grito de cabra de una anciana y tres sucedáneos de aplausos tapados por las risas.

Observo a Miss Acacia esperando que, de un modo o de otro, le haya gustado.

Sonríe con la malicia propia de una ladrona de bombones.

—¿Eso es todo?

—¿?

—Ah, muy bien, no he visto nada de nada, pero parecía divertido de veras, ¡felicidades! No sabía que eras tú, pero ¡bravo!

—Gracias… Y las gafas, ¿te las has probado?

—Sí, pero están todas o torcidas o rotas…

—¡Claro, las elegí así para que te las pusieras sin miedo a estropearlas!

—¿Crees que no llevo gafas por miedo a estropearlas?

—No…

Ella tiene una risa diminuta, ligera y hermosa que ilumina su rostro.

—¡Final de trayecto, todo el mundo abajo! —grita mi siniestra jefa.

La pequeña cantante se levanta y me hace una leve seña con la mano. Sobre su sombra perfilada se alza una ondulada cabellera. Aunque me hubiera encantado hacerle ni que fuera un poquito de miedo, no me disgusta en absoluto que no haya visto a qué se parece mi corazón. Por mucho que haya soñado ser el sol de la noche, la vieja Brigitte despierta mis viejos demonios. El caparazón más firme del mundo se reblandece a veces en pleno insomnio.

A lo lejos, sus escarpines retintinean al compás. Me refugio en ese sonido hasta que mi pequeña cantante se tropieza violentamente contra la puerta de salida. Todo el mundo se ríe, nadie la ayuda. Se tambalea como una borracha bien vestida, luego desaparece.

Durante todo ese tiempo, Brigitte Heim se enzarza en un informe-valoración de mi número que me pasa a años luz por encima de la cabeza, pero creo que en cierto momento ha pronunciado la palabra «pagar».

Me apresuro a reencontrarme con Méliès para contárselo todo. Por el camino, al hundir las manos en mis bolsillos, encuentro un pedazo de papel hecho una bola.

No necesito gafas para ver que tu número funciona a la perfección. Supongo que tu agenda de citas debe de ser un mamotreto de doce volúmenes. ¿Encontrarás la página en la que escribiste mi nombre?

Le hago leer el mensaje a mi relojero-prestidigitador, mientras él practica dos números de cartomancia.

—Mmm... ya veo... Tu Miss Acacia no funciona como las cantantes a las que yo he conocido, no es orgullosa. No se da del todo cuenta de su poder de seducción, cosa que forma parte, evidentemente, de su encanto. Por el contrario, se ha fijado en tu número. Ahora no tienes más que jugarte el todo por el todo. Y no olvides que no se cree tan deseable como en realidad es. ¡Sírvete de eso!

Vuelo hasta su camerino y le deslizo una nota por debajo de la puerta:

A medianoche detrás del tren fantasma, póngase gafas para no tropezarse con la luna y espéreme. Le prometo que le daré tiempo de que se las quite antes de mirarla.

—¡Anda, hombre! ¡Anda! —repite Méliès en español—. Es hora de mostrarle tu corazón.

—Tengo miedo de impresionarla con las agujas y todo eso. La idea de que me rechace me aterroriza… Hace mucho que empecé a soñar con este momento, ¿entiendes lo que me juego?

—Muéstrale tu verdadero corazón, acuérdate de lo que te he dicho, es el único truco de magia posible. Si ella ve tu verdadero corazón, tu reloj no la va a asustar, ¡créeme!

Mientras espero a que llegue la medianoche como si fuera fueran a sonar las doce campanadas de Navidad, la paloma destartalada de Luna se posa en mi hombro. Esta vez no ha perdido la carta. La despliego nervioso por saber cómo está Madeleine.

> Mi pequeño Jack:
> Esperamos que te las estés arreglando bien y que te cuides. Debemos tener paciencia ya que la policía todavía anda buscándote.
> Con cariño,
>
> *doctora Madeleine*

La llegada de la paloma me ha llenado de alegría, pero el contenido de la carta me ha frustrado terriblemente. Es curiosa la firma: DOCTORA Madeleine. Y además me habría imaginado que sería más charlatana. Sin duda, no habrá querido abusar de su mensajero. Les reenvío inmediatamente el ave:

> Envíame cartas largas por correo normal, puede ser que me quede un tiempo aquí. Te echo de menos. Necesito leer algo más que unas cuantas palabras atadas a la

pata de una paloma. Por aquí todo va muy bien; viajo con un relojero-prestidigitador que revisa el buen funcionamiento de mi corazón. ¿La policía no te deja tranquila? ¡Respóndeme pronto!

Un beso,

Jack

P. D.: Extraordinarium, calle Pablo Jardim 7, La Cartuja, Granada.

Ya es medianoche y espero en un estado de felicidad tranquila. Llevo un jersey azul eléctrico con la intención de hacer resaltar el verde de mis ojos. El tren fantasma está en silencio.

Las doce y veinte, nada. Las doce y media, aún sin Miss Acacia. La una menos veinte, mi corazón se enfría, el tic-tac disminuye.

—¡Eh!

—Estoy aquí…

Plantada en el rellano, como en equilibrio sobre el felpudo. Hasta su sombra contra la puerta es sexy. Me habría bastado con ella para entrenarme a besarla.

—¡Me he disfrazado de ti sin saberlo!

Lleva un jersey casi idéntico al mío.

—Lo siento, no he tenido tiempo de encontrar un atuendo apropiado para la cita, ¡pero ya veo que a ti te ha sucedido lo mismo!

Asiento con una sonrisa, aunque personalmente me encuentro muy sofisticado.

No puedo evitar fijarme en el movimiento untuoso de sus labios. Percibo que ella lo advierte. Los silencios entre las palabras se espacian, los ruidos producidos por mi reloj empiezan a atraer sus oídos.

—Tienes mucho éxito en el tren fantasma, todas las muchachas salieron con una sonrisa en los labios —dice ella de repente, decapitando el ángel que pasaba.

—No es buena señal, se supone que debería *asustar para existir*... quiero decir, para conservar mi empleo.

—Poco importa si haces reír o llorar mientras produzcas una emoción, ¿no?

—Esa vieja lechuza de Brigitte me ha dicho que no era bueno para la imagen del tren fantasma que la gente saliera partiéndose de risa. Me parece que voy a tener que aprender a asustar si quiero seguir trabajando en esto.

—Asustar es una manera de seducir como otra cualquiera, y en lo que concierne a la seducción, parece que tú te las arreglas muy bien.

Me dan ganas de decirle que tengo una prótesis en lugar de un corazón y que no sé nada del amor, quiero que sepa que lo que está ocurriendo es singular para mí. Sí, he seguido algunos cursos de brujería amorosa, pero tan solo con el objetivo de conseguirla a «ella». Quisiera seducirla sin que me tomara por un seductor. Y encontrar la medida justa es delicado. De repente no puedo contenerme y le digo:

—Me gustaría que nos abrazáramos.

Silencio, nueva mueca de muñeca enfurruñada y párpados cerrados.

—Luego podremos charlar de todo eso, pero ¿podríamos abrazarnos para empezar?

Mis Acacia suelta un pequeño «de acuerdo» que apenas atraviesa sus labios. Un tierno silencio se abate sobre nuestros gestos. Se aproxima contoneante. De cerca es aún más hermosa que su sombra. Mucho más intimidatoria también. Le rezo a un dios que ni siquiera conozco para que mi reloj no arranque con su carrillón.

Nuestros brazos se funden con mucha naturalidad. Mi reloj me molesta, no me atrevo a estrechar demasiado mi pecho contra el suyo. No hay que asustarla con este corazón remendado. Pero ¿cómo no asustar a esta muchacha polluelo si te salen unas agujas puntiagudas del pulmón? El pánico mecánico se pone otra vez en marcha.

La evito por el flanco izquierdo como si tuviera un corazón de cristal. Eso complica nuestra danza, sobre todo visto la campeona mundial de tango que parece estar hecha la muchacha. El volumen de mi tic-tac aumenta. Las recomendaciones de Madeleine acuden a mi mente por flashes. ¿Y si muriera antes mismo de abrazarla? Sensación de salto al vacío, felicidad del vuelo, miedo a estrellarse.

Sus dedos languidecen detrás de mi cuello, los míos se pierden agradablemente en algún lugar por debajo de sus omoplatos. Intento soldar el sueño a la realidad, pero trabajo sin máscara. Nuestras bocas se aproximan. El tiempo se ralentiza, en los relevos más melodiosos del mundo. Se mezclan, delicada e intensamente. Su lengua me transmite sabores y miles de impresiones, pero la mejor es que su lengua sabe a fresa.

La observo esconder los ojos inmensos tras sus párpados-sombrilla y me siento como si volara. Soy como un dios y Atlas es un enano miserable a mi lado; ¡un gozo gigante me inunda! El tren hace resonar sus fantasmas con cada uno de nuestros gestos. El ruido de sus talones sobre el suelo nos envuelve.

—¡Silencio! —grita una voz agria.

Nos despegamos con un sobresalto. Hemos despertado al monstruo del Lago Ness.

—¿Eres tú, enano? ¿Qué tramas a estas horas por aquí?

—Busco ideas para asustar.

—¡Busca en silencio! ¡Y no toques mis cráneos nuevos!

—Sí, sí…

Alarmada, Miss Acacia se ha acurrucado un poco más en el hueco de mis brazos. El tiempo parece haberse detenido, y no tengo ganas de que retome su curso habitual. A tal punto que me olvido de mantener mi corazón a distancia. Se le escapa una mueca al poner su cabeza contra mi pecho.

—¿Qué hay ahí debajo? ¡Pincha!

No doy ninguna respuesta, pero me recorren los sudores fríos del farsante desenmascarado. Considero la posibilidad de mentir, de inventar, de engañar, pero hay una sinceridad tan ingenua en su pregunta que no lo consigo. Abro lentamente mi camisa, botón a botón. Aparece el reloj, el tic-tac se hace más sonoro. Espero la sentencia.

—¿Qué es esto? —susurra mientras acerca su mano izquierda.

La compasión que emana de su voz da ganas de enfermar hasta el fin de nuestros días para tenerla al lado como enfermera. El cuco repica. Ella se sobresalta. Dando una vuelta a la llave, murmuro:

—Lo siento mucho. Es mi secreto, habría querido confiártelo antes, pero tenía miedo de que te llevaras un buen susto.

Le explico que este reloj me sirve de corazón desde el día de mi nacimiento. No menciono el hecho de que el amor —al igual que la cólera— me han sido viva-

97

mente desaconsejados por incompatibilidad orgánica. Ella me pregunta si mis sentimientos podrían variar en caso de sustitución del reloj, o si simplemente se trata de un procedimiento mecánico. Una extraña malicia ilumina su voz, todo eso parece divertirla demasiado. Yo le respondo que la mecánica del corazón no puede funcionar sin emociones, sin aventurarme más allá, de todos modos, en este terreno pantanoso.

Sonríe como si le estuviera explicando las reglas de un juego delicioso. Nada de gritos de horror, nada de risas. Hasta el momento, solo Arthur, Anna, Luna y Méliès han reaccionado sin escandalizarse ante mi reloj-corazón. Es un acto de amor muy importante para mí este modo que tiene ella de darme a entender «Llevas un cuclillo entre los huesos, ¿y qué?». Simplemente, así de simple...

Pero, aun así, no debo precipitarme. Puede que a través de sus ojos maltrechos el reloj resulte menos repugnante.

—Es práctico este aparato. Si, como todos los hombres, te cansas, podría intentar remplazarte el corazón antes de que seas tú quien me remplace por otra.

—Nos hemos besado por primera vez hace treinta y siete minutos en el reloj de mi corazón, creo que aún nos queda un poco de tiempo antes de tener que pensar en todo eso.

Incluso sus accesos de «Yo no me dejo torear» comienzan a tomar un cariz divertido.

Acompaño a Miss Acacia hasta su casa con paso de lobo, la estrecho como un lobo, desaparece tomándome por un lobo.

Acabo de besar a la muchacha de lengua de sabor de fresa y ya nada volverá a ser como antes. Mi relojería palpita como un volcán impetuoso. Sin embargo, no me duele nada. Bueno, tal vez sí, siento una punzada en el costado. Pero me digo que tras tal embriaguez de gozo, ese es un precio muy pequeño a pagar. Esta noche, me encaramaré a la luna, me instalaré en su cruasán como si estuviera en una hamaca y no tendré ninguna necesidad de dormir para soñar.

8

A la mañana siguiente, Brigitte Heim me despierta con su voz de bruja.

—¡En pie, enano! Hoy, o te esmeras en asustar a la gente o te echo.

De buena mañana, su voz de vinagre me provoca náuseas. Tengo resaca amorosa y no me conviene un despertar tan violento.

¿No habré mezclado demasiado mis sueños con la realidad? ¿Tendré derecho a repetir tanta emoción y dicha si hay una próxima vez? La idea de un reencuentro me provoca un cosquilleo en el reloj. Sé perfectamente que voy en contra de las recomendaciones de Madeleine, pero jamás he sido tan feliz como ahora, aunque también estoy angustiado.

Voy a ver a Méliès para revisar mi reloj.

—Tu corazón nunca ha funcionado mejor, muchacho —me asegura—. Tienes que mirarte en el espejo cuando evoques lo que sucedió anoche, descubrirás en tus ojos que el barómetro de tu corazón marca buen tiempo y estable.

Durante todo el día, deambulo por el tren fantasma con el pensamiento de que a la noche podré aún jugar al alquimista.

Nos vemos solo de noche. Su orgullosa coquetería me avisa infalible de su llegada: siempre tropieza con algo. Es su modo de llamar a la puerta del tren fantasma.

Nos amamos con mucha intensidad, y la pasión aumenta con los días. Apenas hablamos pero nos emocionamos a cada instante. Mi cuerpo está mejor que nunca, me encuentro lleno de fuerza y energía. Mi corazón se escapa de su cubierta-prisión. Vuela por las arterias, instalándose bajo mi cráneo para convertirse en cerebro. ¡En cada músculo y hasta la punta de los dedos, el corazón! Sol feroz por todas partes. Enfermedad rosa de reflejos rojos.

Ya no puedo estar sin su presencia; el olor de su piel, el sonido de su voz, sus pequeñas maneras de representar a la muchacha más fuerte y a la más frágil del mundo. Su manía de no ponerse las gafas para ver el mundo tras el cristal ahumado de su visión lastimada; su forma de protegerse. Ver sin ver de verdad y, sobre todo, sin hacerse notar.

Descubro la extraña mecánica de su corazón. Funciona con un sistema de concha autoprotectora ligada a la falta de confianza que la habita. Una ausencia de autoestima peleándose con una determinación fuera de lo común. Los resplandores que produce Miss Acacia al cantar son los estallidos de sus propias fisuras. Es capaz de proyectarlos sobre el escenario, pero en cuanto la música se apaga, pierde el equilibrio. Aún no he descubierto qué engranaje tiene roto.

El código de acceso a su corazón cambia todas las noches. A veces, la concha es dura como una piedra.

Por mucho que pruebe mil combinaciones en forma de caricias y palabras de apoyo, apenas consigo quedarme en las puertas de su misterio. Sin embargo, ¡me gusta tanto hacer crujir esta concha! Escuchar ese pequeño ruido que produce al desactivarse, ver los hoyuelos que se marcan en la comisura de sus labios y que parecen decir «¡Sopla!». El sistema de protección volando en dulces pedazos.

—¡Cómo domesticar a una centella, he ahí el manual que necesitaría! —le digo a Méliès.

—Un compendio de alquimia pura, querrás decir… ¡Ja, ja! Pero las centellas no se domestican, muchacho. ¿Te imaginarías a ti mismo tranquilamente apoltronado en tu casa con una centella enjaulada? Ardería y te quemaría con ella, ni siquiera podrías acercarte a sus barrotes.

—No quiero meterla en una jaula, solo querría darle un poco más de confianza en sí misma.

—¡La alquimia pura es eso exactamente!

—Digamos que yo soñaba con un amor grande como la colina de Arthur's Seat y me encuentro con una cadena de montañas que crece directamente bajo mis huesos.

—Tienes una suerte excepcional, ¿lo sabes? Poca gente se acerca a ese sentimiento.

—Tal vez, ¡pero ahora que ya lo he probado, no puedo pasar sin él! Y en cuanto ella se encierra, me quedo completamente vacío.

—Conténtate con aprovechar los momentos en los que todo eso te atraviesa. Yo también conocí a una centella, y puedo decirte que ese tipo de muchachas son como el tiempo en las montañas: ¡imprevisibles! Aunque Miss Acacia te quiera, no lograrás controlarla jamás.

Nos amamos en secreto. Somos jóvenes, apenas tenemos treinta años sumando la edad de los dos. Ella es la pequeña cantante famosa desde su infancia. Yo soy el extranjero que trabaja en el tren fantasma.

El Extraordinarium funciona como un pueblo; todo el mundo se conoce y los cotilleos van que vuelan. Los hay celosos, tiernos, moralistas, mezquinos, valientes e invasivos bienintencionados.

No me molesta tener que aguantar los rumores si con eso puedo besarla durante más tiempo. Miss Acacia, en cambio, no se siente tan cómoda y rechaza categóricamente la idea de que nuestro secreto puede conocerse.

Esta situación de semiclandestinidad nos iba muy bien al principio —nos creíamos piratas—, y la sensación mágica de escapar del mundo nos permitía mantenerlo.

Pero a medida que la gran sensación amorosa se confirma más allá del primer fogonazo, desembarca como un paquebote en una bañera. Entonces, uno empieza a necesitar espacio, cada vez más espacio... Por mucho que uno se deleite con la luna, también necesita del sol.

—Te besaré delante de todo el mundo, no arriesgamos nada.

—A mí también me gustaría besarte en pleno día y hacer como todo el mundo. Solo que, mientras nadie nos vea, nos mantenemos a salvo de los cotilleos. No volveremos a vivir en paz si gente como Brigitte Heim descubre nuestro secreto.

Claro que el azúcar de las pequeñas notas que ella me esconde en los bolsillos es sabroso, y con gusto las deslizaría por debajo de mi lengua. Pero cada vez soporto menos tener que ver cómo se escapa por los intersticios de la noche cuando se acerca la aurora. La aguja de sus tacones, que marca el tempo de su alejamiento, reaviva mis insomnios. Me duele la espalda cuando despunta el día y los pájaros me indican que ya no me queda apenas tiempo para dormir.

Tras algunos meses, nuestro amor continúa creciendo, pero parece que ya no puede contentarse con alimentarse tan solo en los senos de la noche. Mandad llamar al sol y al viento, nos hace falta calcio para los huesos de nuestros cimientos. Quiero dejar caer la máscara de murciélago romántico. Quiero el amor a pleno día.

Casi un año después de nuestros primeros encuentros, la situación sigue sin evolucionar. Nada más, nada menos. No consigo disminuir su angustia a exponernos. Méliès me aconseja que sea paciente con Miss Acacia. Estudio la mecánica de su corazón con pasión, trato de abrir los cerrojos bloqueados, con llaves blandas. Pero tengo la sensación de que Miss Acacia tiene rincones en su corazón que permanecerán cerrados para siempre.

Su reputación de cantante apasionada traspasa ya los límites del Extraordinarium. Me gusta ir a oírla cantar en los cabarets de las ciudades aledañas. Sentir el viento en sus movimientos flamencos. Llego siempre después de que empiece el espectáculo, y me desvanezco antes del fin, para que nadie advierta mi presencia regular.

Tras los conciertos, cohortes de hombres bien vestidos esperan bajo la lluvia para ofrecerle ramos de flores más grandes que ella misma. La cortejan delante de mis narices. Varado en la linde de un bosque de sombras, no tengo derecho a aparecer. Se maravillan de su talento de gran pequeña cantante. Conozco al dedillo su fuego sagrado, lo destila en cada escenario que pisa. Me encuentro al margen de su vida social. Ver brillar esas centellas en los ojos de una gran manada de hombres con el corazón sano me produce el efecto de una terrible resaca de llamas. El reverso de la medalla amorosa proyecta sus sombríos reflejos; descubro que yo también puedo sentir celos.

Esta noche he decidido ensayar un experimento para que se quede en mi cama. Bloquearé mis agujas para detener el tiempo. Pondré el mundo en marcha de nuevo solo si ella me lo pide. Madeleine debía prohibirme que las tocara porque temía que interviniera en el curso del tiempo. Si Cenicienta hubiese tenido un reloj en el corazón, habría parado el curso de las horas a las doce menos un minuto y se habría pasado toda la vida divirtiéndose en el baile.

Cuando Miss Acacia toma sus escarpines con una mano y se reacomoda el pelo con la otra, bloqueo la aguja de los minutos. Son las 4.37 desde hace un buen cuarto de hora en el reloj de mi corazón cuando la vuelvo a soltar. Entretanto, Miss Acacia ha desaparecido por el laberinto silencioso del Extraordinarium, los primeros pájaros de la aurora acompañando el rumor de sus pasos.

Habría querido tomarme un poco más de tiempo para contemplar con deleite sus tobillos de polluelo, para remontar la curva de sus pantorrillas aerodinámicas, hasta las piedras ambarinas que le sirven de rodillas. Entonces, habría bordeado sus piernas entreabiertas para posarme en ella. Allí me habría demorado hasta convertirme en el mejor besador-acariciador del mundo. Cada vez que quisiera volver a su casa, le haría el mismo truco. Bloqueo temporal seguido de un curso de lenguas amorosas. Ella se sentirá rara y no podrá resistirse a la idea de pasar aún unos cuantos minutos auténticos y luminosos en el hueco de mi cama. Y durante estos instantes robados al tiempo, ella será solo para mí.

Pero si este trasto viejo sabe perfectamente hacerme notar el tiempo que pasa marcando con su tic-tac todos mis insomnios, se niega a ayudarme con la magia. Me quedo sentado en mi cama, solo, intentando, bien o mal, aliviar los dolores de mi reloj apretando los engranajes entre mis dedos. ¡Oh, Madeleine, te vas a enfurecer!

A la mañana siguiente, decido hacerle una visita a Méliès. Se ha construido un taller donde trabaja muy duro en su sueño de fotografía móvil. Voy a verle casi todas las tardes, antes de ir al tren fantasma. A menudo lo sorprendo con alguna «belleza». Un día una morena con el pelo largo, al otro, una joven pequeña y pelirroja. Sin embargo, sigue trabajando en el viaje a la luna que quería regalar a la mujer de su vida.

—Me curo de este amor perdido a golpes de consuelo; es una medicina dulce que a veces pica un poco, pero que me permite reconstruirme. La brujería rosa se me ha vuelto en contra; ya te lo he dicho, ningún truco funciona de manera infalible. Necesito reeducarme un poco antes de lanzarme de nuevo a las grandes emociones. Pero no me tomes como ejemplo. Continúa soldando tus sueños en la realidad, sin olvidar lo más importante: es de ti de quien Miss Acacia está enamorada.

9

Brigitte Heim me amenaza todos los días con echarme si persisto en convertir su tren fantasma en un espectáculo cómico, pero no lo concreta en acto por razón de la afluencia de clientes. Hago todo lo que puedo para asustarles, pero no puedo evitar provocar risa involuntariamente. Por mucho que cante «Oh When the Saints» cojeando como Arthur, que rompa huevos contra los rebordes de mi corazón en el silencio de la curva de los candelabros, que toque la lira en mis engranajes para conseguir melodías rechinantes, y que termine saltando de vagón en vagón hasta plantarme encima de las rodillas del público, no importa, se parten de risa. Arruino sistemáticamente mis efectos de sorpresa, pues mi tic-tac resuena en todo el edificio. Los clientes saben exactamente cuando se supone que voy a sorprenderles; algunos habituales ríen incluso por adelantado. Méliès cree que estoy demasiado enamorado para dar miedo de verdad.

Miss Acacia viene de vez en cuando a dar una vuelta en el tren fantasma. Mi reloj tic-taquea cada vez más fuerte cuando la veo instalar sus nalgas de pájaro en el banco de una vagoneta. Le deslizo algún beso en espera de nuestros reencuentros nocturnos.

Vamos, ven a mi árbol en flor, esta noche apagaremos la luz y dejaré pares de gafas sobre tus brotes. Con la punta de tus ramas rayarás la bóveda celeste y sacudirás el tronco invisible que sostiene la luna. De nuevo caerán los sueños como una nieve tibia a nuestros pies. Tus raíces en forma de tacón de aguja las plantarás en la tierra, firmemente ancladas. Deja que me suba a tu corazón de bambú, quiero dormir a tu lado.

Suena medianoche en el reloj. Advierto algunas virutas de madera en la cama; algunas partes de mi reloj se astillan. Miss Acacia desembarca sin gafas pero con una mirada tan concentrada como si tuviéramos un encuentro de negocios.

—Estuviste muy raro anoche, incluso me dejaste marchar sin decirme adiós, ni un beso, nada. Jugueteabas con tu reloj, hipnotizado. Tuve miedo de que te cortaras con las agujas.

—Lo siento mucho, solo quería probar una cosa para que te quedaras un poco más de tiempo, pero no funcionó.

—No, no funcionó. No juegues a eso conmigo. Te quiero, pero ya sabes que no puedo quedarme hasta el amanecer.

—Lo sé, lo sé… es precisamente por eso que intenté…

—Además, podrías quitarte el reloj mientras estamos juntos, me hace daño cuando me abrazas…

—¿Quitarme el reloj? ¡No puedo!

—¡Claro que puedes! ¡Yo no vengo a encontrarme contigo bajo las sábanas con el maquillaje del espectáculo!

—¡Sí, a veces ocurre! Estás muy guapa desnuda y con los ojos maquillados.

Un ligero claro se apunta entre sus cejas.

—Pero yo no podría nunca sacarme el reloj, ¡no es ningún accesorio!

Ella responde torciendo su gran boca elástica a modo de «No te creo en absoluto…».

—Ya sabes que me gusta la forma que tienes de creer en tus sueños, pero de vez en cuando hay que bajar de las nubes, hay que crecer. No vas a pasarte la vida con esas agujas que te atraviesan el abrigo —declara ella, con tono de institutriz.

Desde nuestro primer encuentro, jamás me había sentido tan lejos de ella, a pesar de ocupar la misma habitación.

—Pues en realidad sí. Funciono así de verdad. Este reloj forma parte de mí, es él quien hace latir mi corazón, es vital para mí. Tengo que adaptarme. Procuro utilizar lo que soy para trascender las cosas, para existir. Exactamente igual como haces tú sobre el escenario, cuando cantas; es lo mismo.

—¡No es lo mismo, pícaro! —dice dejando resbalar la punta de sus uñas por encima de mi esfera.

La idea de que ella pueda pensar que mi reloj es un «accesorio» me hiela la sangre. Yo no podría amarla si tomara su corazón por un postizo, sea en vidrio, en carne o en cáscara de huevo.

—No te lo saques si no quieres, pero vigila con tus agujas…

—¿Crees en mí completamente?

—Yo diría que de momento creo en un setenta por ciento pero de ti depende que me convenza de poder llegar al cien, *little* Jack…

—¿Por qué me falta el treinta por ciento?

—Porque conozco bien a los hombres.

—Yo no soy «los hombres».

—¿Eso crees?

—¡Exactamente!

—¡Eres un farsante nato! ¡Hasta tu corazón es un artificio!

—¡Mi único artificio verdadero es mi corazón!

—¿Lo ves? Siempre caes de pie. Pero también me gusta eso de ti.

—No quiero que te guste «eso de mí», quiero que me quieras «a mí entero».

Sus párpados en forma de sombrilla negra pestañean al ritmo de los tic-tac de mi corazón. Varias expresiones divertidas y dudosas desfilan por la comisura de esos labios que hace demasiado tiempo que no beso. Las palpitaciones se aceleran bajo mi esfera. Una picazón muy conocida.

Ella arranca entonces con su redoble de tambor que llama a las cosas dulces, un conato de hoyuelos se ilumina.

—Te quiero entero —concluye.

Posa sus manos estratégicas, me corta el aliento. Mis pensamientos se diluyen en mi cuerpo. Apaga la luz.

Su cuello está salpicado de minúsculos granos de belleza, constelaciones que descienden hasta sus senos. Me convierto en el astrónomo de su piel, hundo mi nariz en sus estrellas. La acaricio con todas mis fuerzas y ella se hace flor para mí con todas sus caricias. Sus manos emanan una dulce electricidad. Me acerco aún más.

—Para aumentar mis estadísticas de confianza, te voy a dar la llave de mi corazón. No podrás quitarlo, pero podrás hacer lo que quieras, exactamente cuando te apetezca. De todos modos ya eres la llave que me abre por entero. Y tú, dado que te doy toda mi confianza, vas a ponerte gafas y dejarás que te mire a los ojos a través de los cristales, ¿de acuerdo?

Mi pequeña cantante acepta y se echa el cabello hacia atrás. Sus ojos sobresalen de su rostro de cierva elegante. Luego se pone unas de las gafas de Madeleine inclinando la cabeza a un lado. ¡Oh, Madeleine, si lo vieras, cómo te enfurecerías!

Podría decirle que la encuentro sublime con las gafas, pero como no iba a creerme prefiero acariciarle la mano. Entonces me digo que viéndome tal como soy, tal vez me encontrará menos a su gusto. Me angustio.

Dejo mi llave en su mano derecha. Estoy nervioso, y eso produce un ruido estridente en mi corazón.

—¿Por qué tienes dos agujeros?

—El de la derecha es para abrir, el de la izquierda para dar cuerda.

—¿Puedo abrirlo?

—Está bien.

Hunde con delicadeza la llave en mi cerradura derecha. Cierro los ojos, luego los abro, como cuando nos besamos largo rato.

Sus párpados están cerrados, tan magníficamente cerrados. Es un momento de una serenidad apabullante. Toma un engranaje entre sus dedos índice y pulgar, suavemente, sin ralentizar su funcionamiento. Una marea de lágrimas sube de un solo golpe y me sumerge. Suelta su sutil presa y los grifos de la melancolía dejan de manar. Miss Acacia acaricia un segundo engranaje. ¿Me estará haciendo cosquillas en el corazón? Río ligeramente, apenas una sonrisa sonora. Entonces, sin soltar el segundo engranaje con su mano derecha, vuelve sobre el primero con los dedos de la izquierda. Cuando me aprieta con los labios hasta los dientes, me produce un efecto a lo Hada Azul de Pinocho, pero más verdadero. Salvo que no es mi nariz lo que se alarga. Ella lo siente, acelera sus movimientos, aumentando progresivamente la presión sobre mis engranajes. Ciertos sonidos se escapan de mi boca sin que pueda detenerlos. Estoy sorprendido, molesto, pero sobre todo excitado. Se sirve de mis engranajes como si fueran potenciómetros, mis suspiros se transforman en gemidos.

—Tengo ganas de tomar un baño —murmura.

Hago seña de estar de acuerdo; no me imagino con qué no iba a estar de acuerdo, por otra parte. Brinco sobre los dedos de mis pies para ir hasta el baño y llenar una buena bañera con agua muy caliente.

Procedo despacio, para no despertar a Brigitte. La pared de la habitación linda con la de su dormitorio, se la oye toser.

Los reflejos plateados dan la impresión de que el cielo y sus estrellas acaban de caer en la bañera. Es maravilloso ese grifo ordinario que esparce blandas estrellas en el silencio de la noche. Entramos delicadamente en el agua, a fin de no salpicar esta delicia. Somos dos gusanos estrellados de gran formato. Y hacemos el amor despacio; somos los amantes más lentos mundo, apenas nos rozamos con nuestras lenguas. El chapoteo del agua le haría a cada uno creerse dentro del vientre del otro. Rara vez he sentido algo tan agradable.

Murmuramos chillidos. Hay que contenerse. De repente, ella se alza, se da la vuelta y nos convertimos en animales de la selva.

Termino cayendo cuan largo soy, como si acabara de morir en un *western* y ella se pone a gritar muy flojito. El cuco suena al ralentí. Oh, Madeleine…

Miss Acacia se duerme. La contemplo durante un largo rato. La longitud de sus pestañas maquilladas acentúa la ferocidad de su belleza. Resulta tan deseable que me pregunto si su oficio de cantante no la habrá condicionado hasta el punto de posar para pintores imaginarios incluso en pleno sueño. Parece un cuadro de Modigliani, un cuadro de Modigliani con una hermosa mujer que ronca un poquito.

Su vida de pequeña cantante que sube y sube retoma su curso desde la mañana siguiente, con su manojo de gente que, especie de fantasmas de carne, deambula a su alrededor sin función precisa.

Toda esta fauna perfumada me asusta más que una manada de lobos en una noche de luna llena. Todo son falsas apariencias, palabrería más hueca que un panteón funerario. Aprecio la valentía que tiene de nadar por encima de ese torbellino de barro y oropeles.

Cualquier día me la mandan a la luna para experimentar las reacciones de los extraterrestres al erotismo. Cantará, bailará, responderá a las preguntas de los periodistas de la luna, le harán fotografías, y terminará por no volver nunca más. A veces me digo que solo faltaría Joe en el papel de cereza pasada coronando el pastel podrido.

La semana siguiente, Miss Acacia canta en Sevilla. Saco la plancha rodante fabricada por Méliès y cabalgo por las montañas rojas para encontrarme con ella en su habitación de hotel al final del espectáculo.

De camino, la paloma mensajera me entrega una nueva carta de Madeleine. Apenas unas pocas palabras, siempre las mismas palabras que no se le parecen en nada. Habría preferido… Me gustaría tanto que conociera a Miss Acacia. Claro, Madeleine se asustaría a causa del amor que vivimos, pero estoy seguro de que la personalidad de mi pequeña cantante le gustaría. Imaginar esas dos lobas charlando constituye un dulce sueño que no deja de mecerme.

La mañana siguiente del concierto, nos paseamos por Sevilla como una pareja más de enamorados. La temperatura es agradable, un viento tibio nos acaricia la piel. Sin embargo, nuestros dedos resultan torpes cuando quieren hacer cosas de gente normal en pleno día. De noche, telecontrolados por el deseo, se conocen de memoria, pero, ahora, diríase que se trata de cuatro manos izquierdas a las que alguien hubiera pedido escribir «Buenos días».

Estamos aturdidos por el día, por la luz; somos una auténtica pareja de vampiros que deambula por la ciudad sin gafas de sol. El colmo del romanticismo. Y para nosotros, besarse a orillas del río Guadalquivir, a plena tarde, es la cima del erotismo.

Por encima de esta felicidad simple y evidente planea, a pesar de todo, una nube de amenazas. Estoy orgulloso de ella como jamás lo he estado de nada más. Pero conforme pasa el tiempo, las miradas extasiadas de los machos de mi especie me ponen cada vez más celoso. Me consuelo diciéndome que, sin gafas, tal vez ella tampoco la vea, esta bandada de hombres que son más atractivos que yo. Me siento solo en medio de esta multitud cada vez mayor que viene a aplaudirla, mientras por mi parte tengo que reacomodarme al papel de extranjero y volver solo a mi desván sombrío.

Y aun más solo en tanto ella no acepta la idea de que eso me hace sufrir. Me parece que sigue sin creer en mi reloj corazón.

Aún no le he contado que, con este corazón postizo, mi comportamiento era tan peligroso como el de un diabético que se atiborrara de cruasanes con chocolate de la mañana a la noche. No estoy seguro de que me apetezca contárselo. Si me amparo en las teorías de Madeleine, ahora mismo estoy con un pie en la tumba.

¿Estaré a la altura? ¿Resistirá mi vieja chapuza de corazón?

Y para salpimentar esta salsa ya de por sí bien picante, Miss Acacia está al menos tan celosa como yo. Sus cejas se fruncen como las de una leona dispuesta a saltar tan pronto como cualquier medio adefesio más o menos bien peinado entra en mi campo de visión, incluso fuera del tren fantasma.

Al principio eso me parecía halagador, me sentía capaz de volar por encima de cualquier obstáculo. Mis alas eran nuevas; estaba convencido de que ella me creía. Pero al descubrir que me tomaba por un farsante, me sentí debilitado. En lo profundo de mis soledades nocturnas, yo también he arruinado mi propia confianza.

Ya no es más una salsa picante, nuestra historia, sino una sopa de erizos.

10

Un día, un hombre extraño se presentó en el tren fantasma para solicitar la plaza de asustador. Ese mismo día, la sopa de erizos comenzó a atravesárseme en la garganta.

Es un tipo grande, muy grande. Su cabeza parece superar el techo del tren fantasma. Su ojo derecho se esconde detrás de un pedazo de tela negra. Su ojo izquierdo escruta el Extraordinarium como un faro lo haría con el mar. Se detiene al fin sobre la silueta de Miss Acacia. Y ya no la abandona.

Brigitte, a quien se le ha agotado la paciencia después de verme como un cómico protagonizando un espectáculo basado en el miedo, lo contrata inmediatamente. Así que me encuentro de la noche a la mañana, despedido, en la calle. Todo ha sucedido deprisa, demasiado deprisa para mí. Voy a tener que pedir a Méliès que me aloje en su taller. Y lo que más me preocupa es que no sé cómo voy a poder salvaguardar mis encuentros, mi intimidad con la pequeña cantante. No sé si nuestro amor podrá perdurar en estas condiciones.

Miss Acacia canta esta noche en un teatro de la ciudad. Como tengo por costumbre, me deslizo al final de la sala después de la primera canción. El nuevo asustador está sentado en primera fila. Es tan grande que perjudica la visión de la mitad de la audiencia. Yo, en cualquier caso, no veo nada.

Ese ojo apuntando hacia los de Mis Acacia me hace hervir la sangre. Toda la velada, incluso después del concierto, permanece con el girofaro fijo. Me dan ganas de decirle que desaparezca, a ese foco ambulante. Pero me aguanto. Mi corazón, por su parte, no tarda en desgañitarse, en un *la* menor un poco falseado. Toda la sala se vuelve para reír. Algunos me preguntan cómo hago esos ruidos extraños, luego uno me lanza:

—¡Le conozco! ¡Usted es el tipo que hace reír a todo el mundo en el tren fantasma!

—Ya no trabajo ahí desde ayer.

—Ah, perdón… muy divertido su truco en cualquier caso.

De repente me veo a mí mismo en el patio de la escuela y escucho las burlas de mis compañeros. En apenas unos instantes se ha desvanecido toda la confianza ganada en brazos de Miss Acacia. Y todo mi ser se disloca lentamente.

Después del espectáculo, me resulta difícil no contar lo sucedido a mi amada, que exclama:

—¿Ese grandullón? Pfff…

—Parece que lo hipnotices.

—¿Eres tú el que habla todo el tiempo de confianza y ahora vienes a armarla por culpa de ese pirata tuerto?

—A ti no te reprocho nada, eso ya lo veo, es él quien gira a tu alrededor como un tiburón.

Me siento débil e inseguro pues, aunque confío en ella, no dudo de que ese pirata hará todo lo posible por

119

seducirla. Ciertas miradas no engañan nunca, ni que las arroje un solo ojo. Peor, la intensidad se redobla.

Pero el momento en que todo se tensa hasta volverse insoportable es cuando el grandullón tuerto se acerca a nosotros y nos suelta:

—¿No me reconocéis?

En el momento en que pronuncia esas palabras un largo escalofrío recorre mi columna vertebral. Desde la escuela, no he vuelto a sufrir esta sensación, que conozco muy bien y detesto por encima de todo.

—¡Joe! Pero ¿qué haces aquí? —exclama Miss Acacia incómoda.

—He hecho un viaje muy largo para encontraros, a los dos, un viaje muy largo…

Su discurso es lento. Salvo por el ojo y unos cuantos pelos en la barba, no ha cambiado. Es extraño que no lo haya reconocido enseguida. En realidad, no logro hacerme a la idea de que Joe está aquí. Me repito en bucle para darme valor: «Este no es tu lugar, Joe, vas a volver enseguida al fondo de tus brumas escocesas».

—¿Os conocéis? —pregunta Miss Acacia.

—Íbamos juntos a la escuela. Digamos que somos… viejos conocidos —responde él sonriendo.

El odio me petrifica. Le destrozaría el segundo ojo allí mismo para mandarlo de vuelta al lugar de donde viene, pero intento mantener la calma delante de mi pequeña cantante.

—Vamos a tener que charlar un poco —dice fijándome con su ojo frío.

—Mañana al mediodía, delante del tren fantasma, los dos solos.

—De acuerdo, y no te olvides de traer el duplicado de las llaves —responde él.

Esa misma noche, en efecto, Joe toma posesión de mi vieja habitación. Va a dormir en la cama donde Miss Acacia y yo nos prodigamos nuestros primeros cariños, se paseará por los pasillos en los que tan a menudo nos hemos besado, percibirá los restos de nuestros sueños en los espejos... Desde el cuarto de baño donde nos hemos escondido, le escuchamos instalar sus cosas.

—Joe es un antiguo amor tuyo, ¿verdad?

—Oh, un amor... Yo era una niña. Cuando lo veo ahora, me pregunto cómo pude interesarme por un muchacho así.

—Yo también me lo pregunto... ¡Y te lo pregunto, de hecho!

—Era un poco el cabecilla de la escuela, impresionaba a todo el mundo en aquella época. Era muy joven, eso es todo. ¡Es una coincidencia curiosa que los dos le conozcamos!

—No del todo.

No quiero contarle la historia del ojo. Tengo miedo de que me tome por un maníaco peligroso. Siento como la trampa se cierra a mi alrededor, inexorablemente. Una sola cosa me obsesiona: Joe ha vuelto y no tengo ni idea de cómo dominar la situación.

—¿Para qué te ha pedido el duplicado de las llaves?

—Brigitte Heim acaba de contratarlo para sustituirme en el tren fantasma. A partir de esta noche, ocupará también mi habitación.

—Esa mujer no entiende nada.

—¡El problema es Joe!

—Te habría echado de todos modos, ya lo sabes. Ya encontraremos otros escondites, vamos… Pasaremos la noche en el cementerio si no hay otro remedio, ¡así podrás fingir que me regalas flores de verdad! Vamos, no te preocupes, pronto encontrarás otro trabajo. Puede incluso que ya no tengas que asustar para existir. Estoy convencida de que si te concentras en lo que sabes hacer, encontrarás algo mucho mejor que el tren fantasma. Y no hagas ningún drama con el regreso de Joe. No quiero a nadie más que a ti, ¿me oyes?

Estas pocas palabras prenden en mi interior, luego se extinguen enseguida. La angustia teje una tela de araña en mi garganta, mi voz está atrapada en la trampa. Me gustaría parecer fuerte, pero me derrumbo por todas partes. ¡Vamos, mi viejo tambor, hay que aguantar el golpe!

Intento reavivar la mecánica de mi corazón, pero no importa, me hundo en las brumas sombrías de mis recuerdos de infancia. Como en la escuela, el miedo toma el control. ¡Oh, Madeleine, cómo te enfurecerás…! Pero me gustaría tanto que vinieras a susurrarme tus «Love is dangerous for your tiny heart» al hueco de mi oído esta noche. Tengo tanta necesidad de verte en estos momentos…

El sol tropieza contra el techo del tren fantasma. En el reloj de mi corazón es mediodía en punto. Mientras espero a Joe, mi piel de pelirrojo se enciende tranquilamente. Tres aves de presa dan vueltas en silencio.

Ha vuelto para vengarse de mí, y quitarme a Miss Acacia representaría evidentemente la venganza absoluta, lo sé. Le espero. Las arcadas de la Alhambra se tragan sus sombras. Una gota de sudor perlea sobre mi frente y cae en mi ojo derecho. La sal que deposita desencadena una lágrima.

Joe aparece en la esquina de la calle principal que atraviesa el Extraordinarium. Tiemblo, más de rabia que de miedo, al fin. Adopto una actitud que quiere ser desenvuelta, mientras bajo mi piel los engranajes se carbonizan. Las palpitaciones de mi corazón arman más ruido que la pala de un sepulturero.

Joe se queda inmóvil a una decena de metros, justo enfrente de mí. Su sombra lame el polvo de sus pasos.

—Quería volver a verte, pero no para vengarme, en contra de lo que puedas pensar.

Su voz sigue siendo un arma temible. Como la de Brigitte Heim, tiene el don de hacer estallar los cristales de mis sueños.

—Yo no pienso nada. Me has humillado y maltratado durante años. Un día, la situación terminó de manera sangrienta por ese motivo. Me parece que estamos en paz.

—Reconozco haberte hecho daño marginándote voluntariamente en la escuela. Comprendí tu sufrimiento después de que todo ocurriera, cuando me encontré sin un ojo. Vi las miradas de terror. Sentí cómo la gente cambiaba su comportamiento. Algunos me evitaban como si fuera contagioso, como si hablándome, fueran a perder sus propios ojos. Tomé conciencia día tras día del mal que podía haberte hecho…

—Pero no has cruzado media Europa para venir a disculparte, supongo.

—No, tienes razón. Aún tenemos algunas cuentas pendientes. ¿No te preguntaste jamás por qué me encarnicé contigo?

—Al principio sí… Intenté incluso hablar contigo, pero te comportabas de manera distante e innacesible. Ya sabes, yo vivía en casa de «la bruja que ayuda a nacer a los niños del vientre de las putas», yo mismo, sin duda, debía de «haber salido del vientre de alguna puta», para citar lo que me repetías amablemente a lo largo de toda la jornada… Y además era nuevo, el más pequeño de la clase, y mi corazón hacía ruidos extraños; era fácil burlarse de mí y dominarme psíquicamente. La presa ideal, en una palabra… Hasta ese famoso día en que cruzaste el límite.

—En parte es cierto. Pero me cebé contigo ante todo porque el primer día de clase me preguntaste si conocía a la que en aquella época llamabas «la pequeña cantante». Ese mismo día, para mí, firmaste tu condena a muerte. Estaba loco de amor. Durante todo el año anterior a tu llegada intenté acercarme sin éxito a Miss Acacia. Pero un día de primavera, mientras ella patinaba sobre el río helado, canturreando como tenía por costumbre, el hielo se rompió bajo sus pies. Gracias a mis largas piernas y a mis grandes brazos, logré sacarla de ese mal paso. Habría podido morir. La veo aún tiritar en mis brazos. Desde aquel día, ya no nos separamos hasta que comenzó el verano. Jamás había sentido tanta felicidad. Pero el primer día de escuela, después de haber pasado el verano soñando con volver a verla, me entero de que se quedó en Granada, que nadie sabe cuándo va a volver.

En boca de Joe, la palabra «soñando» me produce el mismo efecto de incongruencia que un pastor alemán degustando un cruasán con la atención puesta en no llenarse de migas todo el podrido pelaje.

—¡Y tú, aterrizas ese mismo día con tus aires de duende para decirme que quieres encontrarla y regalarle unas gafas! No contento con sufrir por su ausencia, me encuentro cara a cara contigo que redoblas mis celos dándome a conocer el espantoso punto en común que nos une aún hoy: el amor loco por Miss Acacia. Me acuerdo del ruido que hacía tu corazón cuando hablabas de ella. Te odié desde ese mismo instante. El ruido de tu tic-tac representaba para mí el instrumento de medida del tiempo que se escapaba sin ella. Un instrumento de tortura colmado con tus propios sueños de amor por mi Miss Acacia.

—Eso no justifica las humillaciones diarias a las que me sometiste, ¡yo no podía adivinar lo que había sucedido antes de mi llegada!

—Lo sé, ¡pero las humillaciones cotidianas que te he hecho padecer no valen tampoco ESTO!

Se levanta el parche de golpe, su ojo es una especie de clara de huevo sucia de sangre y carcomida por varices gris-azuladas.

—Ya te lo he dicho —prosigue—, esta minusvalía me ha enseñado muchas cosas, sobre mí mismo y sobre la vida. En cuanto nos concierne, estoy de acuerdo contigo, estamos en paz.

Le cuesta horrores pronunciar esta última frase. Y a mí me cuesta horrores aceptar que la escucho.

—Estábamos en paz. ¡Viniendo aquí me atacas de nuevo! —respondo de repente.

—No he venido para vengarme de ti, ya te lo he dicho, he venido para llevarme a Miss Acacia a Edimburgo. Hace años que le doy vueltas a este momento. Incluso mientras besaba a otras mujeres. Tu jodido tic-tac ha resonado de tal modo en mi cabeza que tengo la impresión de que el día que me destrozaste el ojo me inoculaste también tu enfermedad. Si ella no me quiere, me iré. En caso contrario, serás tú quien tendrá que desaparecer. No te guardo ningún rencor, pero sigo enamorado de ella.

—En mi caso, yo sí te guardo rencor.

—Vas a tener que acostumbrarte. Yo estoy como tú, chiflado por Miss Acacia. Será un combate a la antigua, y solo ella ejercerá de juez. Que gane el mejor, *little* Jack.

Recobra esa sonrisa de suficiencia que le conozco demasiado bien y me tiende su mano de dedos largos. Yo le dejo ahí las llaves de mi habitación. Tengo el infame presentimiento de estar regalándole las llaves del corazón de Miss Acacia. Y al hacer eso, me doy cuenta de que el tiempo de alegre magia con mi centella de gafas ha terminado.

Los sueños de una cabaña a orillas del mar donde poder pasear tranquilos tanto de día como de noche. Su piel, su sonrisa, su ingenio, los destellos de su carácter que me daban ganas de multiplicarme en ella. Ese «sueño real», enraizado en la tierra, fue ayer. Joe ha venido a buscarla. Zozobro en las brumas de mis viejos demonios. Las lancetas de mi reloj se retuercen y se encogen sobre su frágil esfera. Todavía no estoy derrotado, pero tengo miedo, mucho miedo.

Pues en lugar de ver crecer el vientre de Miss Acacia como un jardinero feliz, voy a tener que sacar de nuevo la armadura del armario para enfrentarme con Joe.

Esa misma noche, Miss Acacia se planta en la puerta de mi habitación con relámpagos de cólera en los ojos. Mientras intento cerrar mi maleta mal ordenada, siento que los minutos que seguirán van a ser de tormenta.

—¡Oh, oh! ¡Atención, tiempo tormentoso! —le suelto para distender la atmósfera.

Si su dulzura de anticiclón es incomparable, esta noche, en un instante, mi pequeña cantante se convierte en un barril de rayos.

—¡Así que vas por ahí destrozándole los ojos a la gente! Pero ¿de quién me he enamorado?

—Yo…

—¿Cómo has podido hacer algo tan horrible? ¡Le-des-tro-zas-te-el-ojo!

Es el gran bautismo de fuego, el tornado flamenco con castañuelas de pólvora y tacones de aguja clavados entre los nervios. No me lo esperaba. Busco qué responder. Ella no me da tiempo.

—¿Quién eres en realidad? Y si has sido capaz de esconderme algo tan grave, ¿qué me queda aún por descubrir?

Tiene los ojos como platos de ira, pero lo más difícil de soportar es la tristeza que los rodea.

—¿Cómo has podido esconderme algo tan monstruoso? —repite incansablemente.

Ese cerdo de Joe acababa de encender la más sombría de las mechas desenterrando mi pasado. No quiero mentir a mi pequeña cantante. Pero tampoco pienso contárselo todo, lo cual, hay que confesarlo, significa mentirle a medias.

—Está bien, le destrocé el ojo. Habría preferido no llegar jamás a eso, claro. Pero lo que ha olvidado contarte es que fue ÉL quien me hizo sufrir durante años, y sobre todo el porqué lo hizo… Joe me ha hecho vivir las horas más negras de mi vida. En la escuela yo era su víctima favorita. ¡Qué te crees! Uno nuevo, pequeño, que hace ruidos extraños con el corazón… Joe se pasaba el tiempo humillándome, haciéndome sentir hasta qué punto no era como «ellos». Un día me estrellaba un huevo en la cabeza, al otro me abollaba el reloj, todos los días algo, y siempre en público.

—Ya lo sé, tiene su lado fanfarrón, siente la necesidad de llamar la atención, pero nunca hace nada que sea de verdad malvado. ¡Seguramente no había motivos para comportarse como un criminal!

—¡No le destrocé el ojo por sus fanfarronadas, el problema viene de mucho más lejos!

Mis recuerdos fluyen despacio; a las palabras les cuesta seguir su ritmo. Tocado donde duele, avergonzado y triste al mismo tiempo, hago cuanto puedo por expresarme con calma.

—Todo comenzó el día de mi décimo cumpleaños. La primera vez que iba a la ciudad, me acuerdo como si fuera ayer. Te oí cantar, luego te vi. Mis agujas apuntaron hacia ti, como atraídas por un campo magnético. Mi cuclillo se puso a sonar. Madeleine me agarraba. Me liberé de su mano para plantarme ante ti. Te di la réplica, como en una comedia musical extraordinaria. Tú cantabas, yo te respondía, nos comunicábamos en un lenguaje que yo no conocía, pero nos comprendíamos. Tú bailabas, y yo bailaba contigo, ¡aunque no sabía bailar en absoluto! ¡Todo podía ocurrir!

—Me acuerdo, desde el principio me acuerdo de eso. En el momento en que te encontré sentado en mi camerino, supe que eras tú. El muchachito extraño de mis diez años, el que dormía en el fondo de mis recuerdos. Seguro que eras tú…

La melancolía no abandona el tono de su voz.

—Te acuerdas… ¿Te acuerdas que estábamos en una burbuja? ¡Fue necesario el puño entero de Madeleine para arrancarme de esa burbuja!

—Me pisé las gafas y luego me las puse, todas rotas.

—¡Sí! Unas gafas con un parche en el cristal izquierdo. Madeleine me explicó qué ese tipo de técnicas se usaban para hacer trabajar el ojo deficiente.

—Sí, es cierto…

—Desde ese día no dejé de soñar con reencontrarte. Le supliqué a Madeleine que me inscribiera en la escuela cuando me enteré de que tú también ibas, esperé mucho tiempo, dos años al menos, pero en tu lugar me encontré con Joe. Joe y su coro de burlones. Mi primer día de escuela tuve la mala fortuna de preguntar si alguien conocía a «una pequeña cantante sublime que anda tropezándose por todas partes». Lo mismo sería decir que con eso firmé mi sentencia de muerte. Joe no soportaba la idea de que ya no estuvieras a su lado, y cristalizaba toda su frustración en mí. Percibía cómo vibraba por ti, y eso reduplicaba sus celos. Cada mañana, franqueaba el portal de la escuela con una bola de angustia que ya no abandonaba mi estómago durante el resto del día. Padecí sus ataques durante tres años escolares. Hasta aquel día en que decidió arrancarme la camisa para dejarme con el torso desnudo delante de toda la escuela. Quiso abrir mi reloj para humillarme aún un poco más, pero, por primera vez, me resistí. Nos peleamos y la cosa terminó mal, muy mal, como ya sabes.

Dejé entonces Edimburgo en plena noche, dirección a Andalucía. Crucé media Europa para encontrarte. No fue fácil. Extrañaba a Madeleine, Arthur, Anna y Luna, y aún les extraño, de hecho… Pero quería volver a verte, era mi mayor sueño. Sé que Joe ha vuelto para quitármelo. Hará todo lo que pueda para apartarte de mí. Ya ha empezado, ¿acaso no lo ves?

—¿En serio crees que yo podría volver con él?

—No eres tú lo que me hace dudar, sino su facultad para mermar la confianza que intentamos establecer paso a paso. Ya no te reconozco desde que llegó. Me ha quitado el puesto en el tren fantasma, duerme en nuestra cama, el único lugar en el que estábamos al abrigo del mundo exterior. A la que me doy la vuelta, te cuenta porquerías sobre mi pasado… Tengo la impresión de que me han desposeído de todo.

—Pero tú…

—Escúchame. Un día me miró a los ojos y me previno: «Voy a romperte ese corazón de madera en la cabeza, lo romperé con tanta fuerza que ya no serás capaz de amar». Sabe dónde apuntar.

—Tú también, al parecer.

—¿Por qué crees que te ha contado la historia del ojo destrozado a su manera?

Ella encoge sus hombros de pájaro triste.

—Joe conoce tu honradez. Sabe cómo prender las mechas de tus cabellos, las que están conectadas con tu corazón de granada. Pero sabe también que bajo tu aspecto de bomba eres frágil. Y que dejando que la duda anide, puedes estallar. ¡Joe intenta debilitarnos para poder recuperarte! ¡Si al menos te dieras cuenta, podrías ayudarme a impedírselo!

Ella se vuelve hacia mí, levantando lentamente las sombrillas de sus párpados. Dos grandes lágrimas caen rodando por su magnífico rostro. El maquillaje chorrea bajo sus pestañas arrugadas. Tiene ese extraño poder de ser igual de magnética en el sufrimiento que en la alegría.

—Te quiero.

—Yo también te quiero.

Beso su boca llena de lágrimas. Sabe a fruta madura. Luego Miss Acacia se aleja. La veo envolviéndose de bosque. Las sombras de ramas la devoran.

Tras solo algunos pasos, se pierde a lo lejos. El tiempo de sueños que se rompen vuelve mis engranajes cada vez más ruidosos… oh, Madeleine… cada vez más dolorosos, también. Tengo el presentimiento de que jamás volveré a verla.

11

Por el camino que lleva al taller de Méliès, mi reloj retumba en seco. Las alcobas cautivadoras de la Alhambra me devuelven un eco lúgubre.

Llego, no hay nadie. Me instalo en medio de las construcciones de papel maché. Perdido entre sus invenciones, me transformo en una de ellas. Soy un truco humano que aspira a convertirse en un hombre sin trucos. A mi edad, lo ideal sería ser considerado como un hombre, uno de verdad, un adulto. ¿Tendré el talento necesario para demostrarle a Miss Acacia de qué madera estoy hecho, y cuánto la quiero? ¿Conseguiré que crea en mí sin darle la sensación de que le juego una mala treta?

Mis preocupaciones se extienden hasta lo alto de la colina de Edimburgo. Me encantaría teletransportarla hasta aquí, delante de la Alhambra. Saber cómo le van las cosas a mi familia ¡Me gustaría tanto que aparecieran aquí, ahora! Los echo tanto de menos...

Madeleine y Méliès hablarían de sus «chapuzas» y de psicología en torno a una de esas sabrosas cenas de las que ella tiene el secreto. Con Miss Acacia, se engarzarían en discusiones sobre el amor y se rizarían sin duda sus elegantes moños. Pero a la hora del aperitivo las hostilidades tocarían a su fin. Se reirían la una de la otra con tanta acidez y ternura que lo convertirían en complicidad. Luego Anna, Luna y Arthur se unirían a nosotros, aderezando la conversación con sus historias tristes y alocadas.

—Pero ¿qué es esta cara de pena…? Anda, ven, pequeño, ¡te mostraré mis bellezas! —me suelta Méliès empujando la puerta.

Lo acompañan una rubia de risa fácil y una morena rechoncha que tira de su cigarrera como si se tratara de una bombona de oxígeno. Me presenta:

—Señoritas, he aquí mi compañero de viaje, mi más fiel aliado, el amigo que me ha salvado de la depresión amorosa.

Me conmueve mucho. Las mujeres aplauden entornando sus ojos incitantes.

—Lo siento —añade Méliès en mi honor—, pero debo retirarme a mis aposentos para una reparadora siesta de unos cuantos siglos.

—¿Y tu viaje a la luna?

—Cada cosa a su debido tiempo, ¿no? Hay que aprender a «dejarse descansar» de vez en cuando. Es importante el estado de barbecho, forma parte del proceso creativo.

Habría querido hablarle del regreso de Joe, que revisara un poco el estado de mis engranajes, hacerle aún algunas preguntas sobre la vida junto a una centella, pero está claro que no es el momento. Sus furcias ahumadas retozan ya en el agua hirviente, le dejaré que se tome su tierno baño.

—Miss Acacia va a venir a verme esta noche, si no te molesta.

—Sabes muy bien que no me molesta, aquí estás en tu casa.

Vuelvo al tren fantasma para recuperar mis últimos efectos personales. La idea de abandonar definitivamente este lugar añade un nuevo yunque al fondo de mi reloj. El tren fantasma está hechizado de recuerdos maravillosos con Miss Acacia. Y además empezaba a disfrutar viendo cómo la gente se divertía con mis apariciones.

Un gran cartel con el rostro de Joe recubre el mío. La habitación está cerrada con llave. Los objetos personales que no he podido embutir en mi maleta me esperan en el pasillo, amontonados sobre mi plancha rodante. Me he convertido en un maldito fantasma. Sigo sin dar miedo, nadie se ríe cuando paso, no me ven. Incluso para la mirada pragmática de Brigitte Heim, soy transparente. Es como si ya no existiera.

En la fila que espera para el espectáculo, un muchacho me interpela.

—Discúlpeme, señor, ¿no será usted el hombre reloj?

—¿Quién? ¿Yo?

—¡Sí, usted! ¡He reconocido el ruido de su corazón! Entonces es eso, ¿vuelve usted al tren fantasma?

—No, justamente me voy.

—¡Pero tiene que volver, señor! Tiene que volver, se le echa mucho de menos aquí…

No me esperaba esta petición; algo empieza a vibrar bajo mis engranajes.

—Sabe usted, yo besé por primera vez en mi vida a una muchacha en este tren fantasma. Pero ahora que está el gran Joe, ella ya no quiere poner aquí los pies. Le

134

da miedo. ¡No puede dejarnos abandonados con el gran Joe, señor!

—¡Sí, nos lo pasábamos muy bien! —exclama un segundo chico.

—¡Vuelva! —replica otro.

Entonces saludo a mi pequeña asamblea agradeciéndoles sus emotivas palabras, mi cuco arranca. Los tres muchachos aplauden, algunos adultos se les unen tímidamente.

Me subo a mi plancha con ruedas para descender por la calle que bordea la Alhambra bajo los gritos de ánimo de una parte de la concurrencia.

—¡Tiene que volver! ¡Tiene que volver!

—¡Tiene que irse! —exclama de repente una voz muy grave.

Me doy la vuelta. A mis espaldas, Joe arbola una sonrisa de vencedor. Si los tiranosaurios sonrieran, creo que lo harían como Joe. No muy a menudo y de forma inquietante.

—Ya me iba, pero te lo advierto, volveré. ¡Has ganado la batalla del tren fantasma, pero el rey del corazón de quien tú ya sabes soy yo!

El gentío nos anima como lo haría en una pelea de gallos.

—O sea que no te has dado cuenta de nada.

—¿De qué?

—¿No te parece que el comportamiento de Miss Acacia respecto a ti está cambiando?

—Arreglemos este asunto en privado, Joe. ¡No nombres a nadie!

—Sin embargo, yo os escuché a los dos discutiendo en el cuarto de baño…

—¡Claro, tú le haces creer cosas horribles de mí!

—Le dije simplemente que me habías destrozado un ojo sin razón. ¡Fue de buena fe, me parece!

Una parte de la fila que espera se decanta a favor de Joe; otra, más reducida, de mí.

—¡Dijiste que sería un combate a la antigua, leal! ¡Mentiroso!

—Y tú lo trucas todo, sueñas tu vida, y tus pseudo-invenciones poéticas no son más que mentiras. Tu estilo es distinto, pero termina exactamente en lo mismo… En fin, ¿la has visto hoy?

—No, aún no.

—Me he quedado con tu empleo, me he quedado con tu habitación, y tú, tú lo has perdido todo. Pues así es, ¡la has perdido *little* Jack! Ayer, después de vuestra discusión, vino a llamar a mi puerta. Necesitaba consuelo, tras la crisis de celos que acabas de montarle… Y yo no le dije ninguna de tus tonterías sobre relojes ridículos. Le hablé de cosas reales, que conciernen a todo el mundo. Si quería instalarse en los alrededores, qué tipo de casa le gustaría tener, si pensaba tener hijos, todo eso, ¿comprendes?

Me asalta la duda. Mi columna vertebral se convierte en un cascabel. Escucho el eco de mis escalofríos en todas partes bajo mi piel.

—Evocamos también ese día en el que estuvo a punto de quedarse encerrada en el hielo del lago congelado. Y en ese punto, ella se arrojó a mis brazos. Como antes, exactamente como antes.

—¡Te destrozaré el otro ojo, basura!

—Y nos besamos. Como antes, exactamente como antes.

La cabeza me da vueltas, me siento desfallecer. De lejos, escucho a Brigitte Heim que comienza a arengar a la multitud, el tren está a punto de comenzar su trayecto. Mi corazón me ahoga, debo de estar tan feo como un sapo mientras fuma su último cigarrillo.

Antes de marcharse para hacer su espectáculo, Joe se burla una última vez de mí:

—Ni si quiera te has dado cuenta de que la estabas perdiendo. Esperaba enfrentarme con un adversario más tenaz. En serio que no te la mereces.

Me precipito sobre él, agujas en ristre. Me siento como un toro diminuto con cuernos de plástico; él es el torero esplendoroso que se apresta a dar la estocada. Su mano derecha me agarra por el cuello y me envía volando contra el polvo, sin esfuerzo aparente.

Luego entra en el tren fantasma, la clientela tras él. Me quedo ahí durante un tiempo infinito, el brazo izquierdo apoyado sobre mi plancha rodante, incapaz de reaccionar.

Termino yendo al taller de Méliès. Llegar me toma una eternidad. Cada vez que mi aguja marca los minutos con una sacudida, diríase que la hoja de un cuchillo se hunde un poco más entre mis huesos.

Medianoche en el reloj de mi corazón. Espero a Miss Acacia contemplando la luna de cartón que mi prestidigitador del amor ha fabricado para su dulcinea.

Las doce y diez, y veinticinco, y cuarenta. Nadie. La mecánica de mi corazón se recalienta. Empieza a percibirse el olor a quemado. La sopa de erizos se agria. Y sin embargo he hecho todo lo posible para no condimentarla con demasiadas dudas.

Méliès sale de su habitación, seguido de su cortejo de mujeres atractivas. Incluso eufórico, sabe ver cuándo las cosas no me van bien. Con una tierna mirada, les hace entender a sus bellezas que es hora de calmarse, para que el desajuste de los ambientes no me hunda todavía un poco más.

Ella no ha venido.

12

Al día siguiente, Miss Acacia da un concierto en un cabaret de Marbella, una ciudad balneario situada a unos cien quilómetros de Granada. «Es una buena ocasión para verla y estar con ella sin la presencia de Joe», me dice Méliès.

Me presta su traje más hermoso y su sombrero de la suerte. Le pido encarecidamente que me acompañe y acepta con la misma naturalidad que el primer día.

Durante el camino, el miedo y la duda rivalizan con el deseo. Jamás hubiera creído que es tan complicado mantener a nuestro lado a la persona que más queremos y deseamos en el mundo. Acacia me ofrece su amor sin exigirme nada, sin mezquindades ni problemas. Yo también le ofrezco todo lo que soy y lo que tengo y, sin embargo, ella recibe menos. Quizá sea que no sé ofrecerme de manera correcta. Pero tengo claro que pese a ello no voy a dejar escapar el tren mágico al que me he subido en los últimos meses, aquel en cuya locomotora crepita con fuerza mi pasión. Le aclararé que a partir de esta misma noche estoy dispuesto a cambiarlo todo, a aceptarlo todo, con tal de que ella me ame. Y todo volverá a ser como antes.

El escenario, minúsculo, está instalado a orillas del mar. Y sin embargo el mundo entero parece haberse reunido a su alrededor. En primera fila, el inefable Joe. Se diría que es un tótem con el poder de hacer temblar todo mi cuerpo.

Mi pequeña cantante entra en escena, taconea con una violencia inaudita, fuerte, más que fuerte. Es un lobo quien la habita hoy. Un blues ocre se mezcla con su flamenco. Parece que la invade una fuerza hasta la fecha desconocida. Con su ropa de reflejos naranjas está más bella que nunca. Lo cierto es que hay demasiadas tensiones a exorcizar esta noche.

De repente, su pierna izquierda atraviesa las tablas, luego su pierna derecha, en un estrépito muy fuerte. Me precipito a ayudarla, pero la gente no me deja pasar, y mientras gritan no se mueven y observo cómo la joven se hunde sin poder remediarlo. Busco su mirada pero no parece reconocerme, a lo mejor la ha despistado el sombrero de Méliès. Joe se precipita hacia ella, sus grandes piernas avanzan eficazmente entre la multitud. Me esfuerzo contra un mar de gente. Joe gana terreno. En pocos segundos, alcanzará sus brazos. No puedo dejarla entre esos brazos. El rostro de Miss Acacia se crispa, está herida y ella no es de las que se quejan por nada. Me gustaría ser médico, o, mejor, el mago capaz de volver a ponerla en pie inmediatamente. Trepo entre la gente, entre brazos, hombros y cabezas, como en el tren fantasma. La voy a atrapar, la voy a atrapar. Se ha hecho daño, no quiero que sienta dolor. La gente se apresura ahora contra el escenario, ávida por ver qué ha pasado. Alcanzo a Joe. ¡Impediré que las tablas del escenario la devoren aún más! ¡Esta vez voy a ser yo!

Salvaré a Miss Açacia, y al hacerlo, me salvaré en sus brazos.

Desde las profundidades de mis engranajes un súbito dolor atraviesa mis pulmones. Joe me ha adelantado. Sus largos brazos recogen a Miss Acacia y yo lo observo todo a cámara lenta; todo discurre ante mis ojos. He debido dejarme desbordar por mi sueño de salvarla. Él envuelve su cuerpo de pájaro. Mi reloj rechina. Lleva a Miss Acacia como una desposada. Me parece hermosa, pero está en sus brazos. Desaparecen ambos por el camerino. Contengo un grito, tiemblo un poco. ¡Socorro, Madeleine! Envíame una armada de corazones de acero.

Tengo que derribar esa puerta. La empujo con todas mis fuerzas pero sigue cerrada. Me dispongo a recuperar aliento y parte de mi energía sobre las tablas del escenario. Percibo mi reflejo en el cristal.

Tras varias tentativas y mientras estudio la situación, la puerta se entreabre. Veo a Miss Acacia tumbada en los brazos de Joe. Su vestido naranja, ligeramente arremangado, sembrado de gotas de sangre que brotan de sus pantorrillas. Parece que Joe acaba de morderla y que se dispone a devorarla.

—¿Qué te ha pasado? —dice ella acercando su mano a mi cabeza para acariciar mi chichón.

Esquivo su gesto.

Mi corazón ha detectado el soplo de ternura, pero no lo ha asimilado de verdad. Mi cólera lo domina. La mirada de Miss Acacia se endurece. Joe estrecha su pequeño cuerpo de pájaro contra su pecho, como si quisiera protegerla de mí. Oh, Madeleine, debes notar el temblor de mi cuerpo allá donde estés. Mi reloj palpita incesantemente.

Miss Acacia le pide a Joe que salga. Él se comporta con la caduca cortesía de un judoca. Pero antes, deja dulcemente a Miss Acacia en una silla; tiene miedo a que se rompa. Sus gestos delicados me resultan insoportables.

—¿Has besado a Joe?

—¿Perdón?

—¡Sí!

Me invade la ansiedad.

—Pero ¿cómo puedes creer una cosa así? Solo me ha ayudado a sacar la pierna de ese escenario podrido. ¿Lo has visto bien, no?

—Lo he visto, pero ayer él me contó…

—¿De verdad piensas que quiero volver con él? ¿Crees que sería capaz de hacerte eso? ¡No entiendes nada, palabra!

El miedo a perderla y el dolor en la cabeza forman un remolino eléctrico que ya no controlo. Voy a vomitar, siento la angustia como un fuego en mi estómago e incluso afecta a mi cerebro. Parece que voy a sufrir un cortocircuito. Pronuncio palabras terribles, palabras solemnes de las que puedo arrepentirme.

Quisiera poder rebobinarlas de inmediato, pero la hiel hace su efecto. Siento cómo los lazos que nos unían se rompen uno a uno. Hundo nuestro barco a golpes de frases cortantes; debo detener esta máquina de escupir resentimiento antes de que sea demasiado tarde, pero no lo consigo.

Joe abre la puerta despacio. No dice nada, tan solo mete la cabeza, para mostrar a Miss Acacia que vela por ella.

—Va todo bien, Joe. No te preocupes.

Sus pupilas brillan con una tristeza infinita, pero los pliegues que rodean su linda boca anuncian cólera y desprecio. Esos ojos de los que tanto he adorado la floración de sus pestañas no arrojan ahora más que lloviznas y nieblas vacías.

Es la más fría de las duchas posibles, que tiene la ventaja de reconectarme con la realidad de la situación. Estoy rompiéndolo todo, lo veo en el espejo partido de su mirada, hay que dar marcha atrás, y lo más deprisa que se pueda.

Me juego el todo por el todo, abro bien las compuertas de lo que siempre quise esconderle. Sé que tendría que haber comenzado por ahí, que lo hago todo desordenado, pero intento invertir el motor, otra vez.

—Te quiero al bies porque soy un perturbado del corazón de nacimiento. Los médicos me prohibieron formalmente enamorarme, mi corazón-reloj es demasiado frágil para resistirlo. Y sin embargo he puesto mi vida en tus manos, porque, más allá del sueño, me has dado una dosis de amor tan fuerte que me he sentido capaz de enfrentarlo todo por ti.

Ni el menor hoyuelo en el horizonte de sus mejillas.

—Hoy lo hago todo al revés porque ya no sé cómo ponerme para dejar de perderte y eso me enferma. Te quie…

—¡Y además crees en serio en tus mentiras! ¡Es patético! —contesta—. No te comportarías así si hubiese un poco de verdad en lo que me cuentas… Seguro que no. ¡Vete, vete, por favor!

El cortocircuito se intensifica, pone mi reloj al rojo. Los engranajes entrechocan con un rechinar lúgubre. Mi cerebro arde, el corazón me sube hasta la garganta.

A través de mis ojos, estoy seguro de que puede deducirse lo que está sucediendo.

—No soy más que un farsante, ¿es eso? Muy bien, vamos a verlo, ¡y que sea ahora mismo!

Tiro con todas mis fuerzas de las agujas. Es horriblemente doloroso. Agarro la esfera con las dos manos y, como un loco, intento arrancar el reloj. Quiero expulsar este grillete y arrojarlo a la basura ante sus ojos, ¡para que lo entienda al fin! El dolor es insoportable. Primera sacudida. No ocurre nada. Segunda, aún nada. La tercera, más violenta, se transforma en una catarata de cuchillazos. Escucho su voz a lo lejos que me implora: «Deja eso… ¡Deja eso!» Un bulldozer arrasa con todo en mis pulmones.

Ciertas personas creen que cuando llega la hora de morir vemos una luz blanca cegadora y muy intensa. Sin embargo, yo no veo más que sombras. Sombras gigantes hasta donde alcanza mi vista y también veo una tormenta de copos negros. Una nieve negra que recubre progresivamente mis manos, luego mis brazos separados. Parece que nazcan rosas rojas, hasta tal punto que la sangre perfora el suelo polvoriento. Luego las rosas se borran, y mi cuerpo entero desaparece también. Estoy a la vez relajado y nervioso, como si me preparara para un largo viaje en avión.

Un último ramillete de chispas nace bajo mis párpados: Miss Acacia bailando en equilibrio sobre sus pequeños tacones de aguja, mi querida doctora Madeleine inclinada hacia mí, dándole cuerda al reloj de mi corazón, Arthur vociferando su swing a golpes de «Oh When the Saints», Miss Acacia bailando sobre sus agujas, Miss Acacia bailando sobre sus agujas, Miss Acacia bailando sobre sus agujas...

Los gritos llenos de espanto de Miss Acacia me sacan finalmente de ese estado segundo. Levanto la cabeza y la contemplo. Tengo dos agujas rotas entre mis manos. En su mirada, la tristeza y la cólera han dejado su lugar al miedo. Sus mejillas se ahuecan, sus cejas en acento circunflejo recortan su frente. Sus ojos, ayer repletos de amor, parecen dos calderas llenas de agujeros. Tengo la impresión de que me observa una hermosa muerta. Me invade un inmenso sentimiento de vergüenza, mi cólera hacia mí mismo sobrepasa la que siento por Joe.

Ella sale de su camerino. La puerta retumba como un disparo. En mi sombrero se estremece un pájaro que Méliès debe haberse olvidado de sacar. Tengo frío, cada vez más frío. He aquí la noche más fría del mundo. Así me tejieran el corazón con atizadores de hielo, me sentiría más tranquilo.

Pasa por delante de mí sin volverse, y desaparece en la oscuridad con un aire de cometa triste. Escucho un ruido de focos y juramentos en español. Mi cerebro le pide una sonrisa a mis recuerdos, pero el mensaje debe de haberse perdido por el camino.

Unos cuantos metros por encima del escenario, un rayo destripa el cielo. Florecen los paraguas como flores de una primavera fúnebre; empiezo a cansarme de este estado moribundo.

Sostengo mi reloj en la palma de la mano izquierda. Hay sangre en los engranajes. Mi cabeza da vueltas, ya no sé mover las piernas. Doblo mis rodillas como un esquiador debutante en su intento por avanzar.

El pájaro cantor tose con cada uno de mis espasmos; a mi alrededor veo pedacitos de su madera rota por todas partes. Me invade un sueño pesado. Me evaporo en la bruma pensando en Jack el Destripador. ¿Terminaré como él, incapaz de lograr nada más que historias de amor con mujeres muertas?

Lo he vivido todo por Miss Acacia, mis sueños, la realidad, nada ha funcionado. ¡Hubiera deseado tanto que lo nuestro funcionara! Sin embargo, me creía capaz de todo por ella, de pulverizar copos de luna para cubrir de brillo sus párpados, de no dormir nunca más hasta los trinos de los pájaros que bostezan a las cinco de la mañana, de atravesar la tierra para reunirme con ella al otro lado del mundo… ¿Y cuál ha sido el resultado?

Un relámpago atraviesa en eslalon los árboles para terminar su trayecto en la playa silenciosa. El mar se ilumina por un instante. ¿Tal vez Miss Acacia tiene aún algo que decirme?

En el instante siguiente, el interruptor de espuma sume de nuevo a Marbella en la oscuridad. Los espectadores huyen como liebres de corral. Es hora de que vuelva a empaquetar mis cacerolas de sueños.

13

Méliès tardará dos días en arrastrar lo que queda de mí, apenas unos despojos, de Marbella a Granada. Cuando llegamos por fin a las afueras de la ciudad, la Alhambra toma el aspecto de un cementerio de elefantes. Veo alzarse defensas luminosas dispuestas a cortarme en pedazos.

—¡Levántate! ¡Levántate! —me resopla Méliès—. ¡No te abandones, no te abandones!

La cosa se rompe ahí debajo. Bizqueo ante los muñones de mis agujas. Lo que veo me da miedo. Me recuerda mi nacimiento.

Todo lo que había cobrado tanto sentido para mí se desvanece. Las ganas de formar una familia y tratar con cuidado a mi reloj para resistir el mayor tiempo posible, mis sueños de adulto reciente se funden como copos de nieve en el fuego. ¡Qué estupidez color de rosa, el amor! Madeleine me previno, pero no quise escuchar más que a mi corazón.

Me arrastro cada vez más despacio. El gran incendio hace estragos en mi pecho, pero estoy como anestesiado. Si cayera sobre mí un avión y me aplastara la cabeza, me resultaría indiferente.

Me gustaría ver aparecer ante mis ojos la gran colina de Edimburgo. ¡Oh, Madeleine, me siento tan solo! Me gustaría poder estar en mi cama y que me cantaras una de tus nanas. Allí arriba, en nuestra casa en la colina, debe quedar algún que otro sueño infantil escondido debajo de la almohada. Si regresara a casa, procuraría no aplastar esos sueños con mi cabeza pesada poblada de tantas preocupaciones de adulto. Intentaría dormirme con el pensamiento de que no iba a despertarme jamás. Esta idea me resulta extrañamente reconfortante. A la mañana siguiente, emergería en un estado lamentable, perdido como un boxeador fracasado. Pero Madeleine y todas sus atenciones me devolverían a mi estado de antes.

De regreso al taller, Méliès me instala en su cama. La sangre se extiende sobre las sábanas blancas. Las rosas de nieve reaparecen, en torbellinos. ¡Mierda, he manchado todas las sábanas!, me digo en un sobresalto de conciencia. Mi cabeza pesa una tonelada, estoy agotado de tanto pensamiento negativo.

—¡Quiero cambiar de corazón! ¡Modifícame, no me soporto más!

Méliès me observa con aire inquieto.

—Ya estoy harto de este yunque de madera que se estropea todo el tiempo.

—¿Sabes? Tu problema me parece bastante más profundo que la madera de tu corazón.

—Es esta sensación de acacia gigante que crece entre mis pulmones. Esta noche he visto a Joe llevándola en sus brazos y eso me ha atravesado. Jamás habría creído que iba a ser tan duro. Y cuando ella se ha ido golpeando la puerta, ha sido aún más duro.

—¡Ya conoces los riesgos de darle la llave de tu corazón a una centella, hijo mío!

—Quisiera que me instalaras un corazón nuevo y ponerle el contador a cero. No quiero volver a enamorarme nunca en mi vida.

Percibiendo el resplandor de la locura suicida en mi mirada, Méliès juzga inútil cualquier discusión. Me estira sobre su mesa de trabajo, como Madeleine en sus tiempos, y me hace esperar.

—Espera, voy a buscarte una cosa.

No logro relajarme, mis engranajes rechinan espantosamente.

—Seguro que tengo algunas piezas de recambio… —añade.

—Estoy harto de tener que repararme, quisiera algo lo bastante sólido para soportar las emociones fuertes, como todo el mundo. ¿No tendrías un reloj de recambio?

—Eso no arreglaría nada, ya lo sabes. Es tu cuerpo de carne y hueso el que habría que reparar. Y para eso, no necesitas ni médico ni relojero. Te hace falta o bien amor, o bien tiempo… pero mucho tiempo.

—No tengo ganas de esperar y ya no tengo amor, cámbiame este reloj, ¡te lo suplico!

Méliès parte a la ciudad para buscarme un corazón nuevo.

—Procura descansar un poco mientras esperas a que yo vuelva. Nada de tonterías, sobre todo.

Decido darle cuerda a mi viejo corazón por última vez. Mi cabeza da vueltas. Un pensamiento culpable vuela hacia Madeleine que tanto se ha esforzado por que me mantenga en pie y avance sin romperme. Me invade un sentimiento de vergüenza a todos los niveles.

En cuanto hundo la llave en la cerradura, un dolor vivo salta bajo mis pulmones. Unas pocas gotas de sangre brotan en la intersección de mis agujas. Intento sacar la llave, pero está atascada en la cerradura. Intento desbloquearla con mis agujas rotas. La fuerzo, con todas las escasas fuerzas vaporosas que me quedan. Cuando por fin lo consigo, la sangre mana abundante por la cerradura. Telón.

Méliès regresa. Le veo borroso, como si me hubieran cambiado los ojos por los de Miss Acacia.

—Te he encontrado un corazón nuevo a estrenar, sin cuco, y con un tic-tac mucho menos ruidoso.

—Gracias…

—¿Te gusta?

—Sí, gracias…

—¿Estás seguro de que ya no quieres el corazón con el que Madeleine te salvó la vida?

—Seguro.

—No volverás a ser como antes, ¿lo sabes?

—Eso es exactamente lo que quiero.

Después de eso, no recuerdo nada, salvo una sensación de sueño borroso, seguido de una resaca gigantesca.

14

Cuando finalmente abro los ojos, descubro mi viejo reloj sobre la mesita de noche. Produce un efecto curioso poder tomar uno su corazón entre los dedos. El cuco ya no funciona. Tiene polvo encima. Me siento como un fantasma, fumándose tranquilamente un pitillo apoyado en su lápida, salvo que yo estoy vivo. Llevo un extraño pijama a rayas y tengo dos tubos conectados a las venas: otra chapuza con la que cargar.

Observo mi nuevo corazón sin agujas. No hace ningún ruido. ¿Cuánto tiempo he estado durmiendo? Me levanto con dificultad. Me duelen los huesos. Méliès ha desaparecido. Instalada en su despacho, hay una mujer vestida toda de blanco. Una nueva conquista de Méliès, supongo. Le hago señas con la mano. Se sobresalta como si acabara de ver pasar un muerto viviente. Sus manos tiemblan. Creo que al fin he conseguido asustar a alguien.

—¡Estoy contenta de verte de pie! Si supieras…

—¡Yo también! ¿Dónde está Méliès?

—Siéntate. Tengo que explicarte algunas cosas.

—Tengo la sensación de llevar acostado ciento cincuenta años. ¿Puedo quedarme de pie cinco minutos?

—Honestamente, es preferible que te quedes sentado…Tengo cosas importantes que revelarte. Cosas que nadie ha querido decirte jamás.

—¿Dónde está Méliès?

—Regresó a París hace algunos meses. Me pidió que me ocupara de ti. Te quiere mucho, ya lo sabes. Estaba muy intrigado por el impacto que el reloj pudiera tener en tu imaginación. Cuando tuviste el accidente, se reprochó terriblemente no haberte revelado tu verdadera naturaleza, aunque no estuviera seguro de que eso pudiera cambiar el curso de los acontecimientos. Pero ahora debes conocer la verdad.

—¿Qué accidente?

—¿No te acuerdas? —dice ella tristemente—. Intentaste arrancarte el reloj cosido a tu corazón, en Marbella.

—Ah, sí…

—Méliès te injertó un nuevo corazón para subirle la moral.

—¡Subirme la moral! ¡Estaba en peligro de muerte!

—Sí, todos tenemos la sensación de que vamos a morir cuando nos separamos de una persona amada. Pero yo hablo de corazón en el sentido mecánico del término. Escúchame bien, pues sé que lo que voy a decir te resultará difícil de creer…

Se sienta a mi lado, toma mi mano derecha entre las suyas. Noto que tiembla.

—Podrías haber vivido sin esos relojes, ya se tratara de un reloj viejo o nuevo. No tienen ninguna interacción directa con tu auténtico corazón. No se trata de verdaderas prótesis, tan solo de placebos que, en el plano médico, no sirven para nada.

152

—¡Pero es imposible! ¿Porqué iba Madeleine a inventarse todo eso?

—Tiene fines psicológicos, sin duda. Probablemente para protegerte de tus propios demonios, como hacen muchos padres de un modo o de otro.

—Ahora entiendo por qué siempre me recomendó que dejara mi corazón en manos de relojeros y no de médicos. Ustedes no comprenden el tipo de medicina que practica la doctora Madeleine, eso es todo.

—Sé que es un modo un poco brutal de despertarse, pero es hora de que te pongan los péndulos en hora, si me permites la expresión, si es que tienes intención de volver a empezar con la vida de verdad.

—No creo ni una sola palabra de lo que me está diciendo.

—Es normal, siempre has creído en esta historia del reloj-corazón.

—¿Qué sabe usted de mi vida?

—La he leído... Méliès escribió tu historia en este libro *El hombre sin trucos*, se leía en la portada. Lo hojeo rápidamente, recorro nuestra epopeya a través de Europa. Granada, el rencuentro con Miss Acacia, el regreso de Joe...

—¡No leas el final todavía! —dice ella de repente.

—¿Por qué?

—Primero debes asimilar que tu vida no está ligada a su reloj. Es el único medio que tienes de cambiar el final de este libro.

—Jamás podría creerlo, y menos aún admitirlo.

—Has perdido a Miss Acacia prestándole una fe de hierro a tu corazón de madera.

—¡No quiero escuchar eso!

—Habrías podido darte cuenta, pero esta historia de corazón está tan profundamente arraigada en ti… Debes creerme. Lee la primera parte del libro si quieres pero es posible que te entristezca. Pero tienes que pasar a otra cosa.

—¿Por qué Méliès no me lo dijo jamás?

—Méliès decía que no estabas en condiciones de entenderlo, psicológicamente hablando. Pensó que sería peligroso revelarte la verdad la noche del «accidente», visto el estado de shock en el que llegaste al taller. Se reprochaba terriblemente no haberlo hecho antes… Creo que se dejó seducir por la idea. No le hace falta mucho a él tampoco para creer lo imposible. Le subía la moral verte andar por el mundo con esa creencia tan firme… Hasta esa trágica noche.

—No tengo ningunas ganas de sumergirme en esos recuerdos por ahora.

—Lo entiendo, pero debo hablarte de lo sucedido justo después… ¿Quieres beber algo?

—Sí, gracias; pero nada de alcohol, me duele la cabeza.

Mientras la enfermera va a buscar con qué recuperarme de tantas emociones, observo mi viejo corazón, destrozado, sobre la mesita de noche, luego el reloj nuevo, bajo mi pijama arrugado. La esfera es metálica, las agujas quedan protegidas por un vidrio. Una especie de timbre de bicicleta impera sobre el número 12. Este reloj me pica, tengo la impresión de que me han injertado el corazón de otra persona. Me pregunto qué más intentará hacerme creer esa dama de blanco.

—Aquel día —dice—, mientras Méliès fue a la ciudad a buscarte un reloj para calmarte provisionalmente, intentaste darle cuerda a tu reloj roto. ¿Te acuerdas?

—Sí, vagamente.

—Según lo que me ha descrito Méliès, estabas en un estado cercano a la inconsciencia, sangrabas abundantemente.

—Sí, mi cabeza daba vueltas, me sentía mareado…

—Padeciste una hemorragia interna. Cuando Méliès se dio cuenta, vino a buscarme a toda prisa. Tal vez Méliès se haya olvidado de mis besos, pero recordaba mis talentos como enfermera. Te paré la hemorragia en el ultimísimo momento, pero no recuperaste el conocimiento. Insistió en hacerte la operación que te había prometido. Decía que te despertarías en mejor estado psicológico con un corazón-reloj nuevo. Yo lo consideré un acto absurdo, pura superstición, pero Méliès temía por tu vida.

Le escucho contar mi historia como si me diera noticias de alguien a quien solo conociera vagamente. Me cuesta entender toda esta información y relacionarla con mi realidad.

—Mi amor por Méliès no era recíproco, pero intenté ganarle. Al principio me quedé a tu lado para mantener el contacto con él. Luego te tomé afecto leyendo *El hombre sin trucos*. Y heme aquí ahora, metida en la historia, tanto en sentido propio como figurado. Desde el día del accidente cuido de ti.

Estoy aturdido. Recibo señales de mi cerebro que parecen anunciarme algo. «Puede que sea cierto.» «Puede que sea cierto.»

—Según Méliès, cuando destruiste tu corazón ante los ojos de Miss Acacia, pretendías mostrarle cuánto sufrías, y, al mismo tiempo, cuánto la amabas. Un acto idiota y desesperado. Pero no eras más que un adolescente…

peor, un adolescente con sueños de niño, incapaz de no mezclar los sueños y la realidad para sobrevivir.

—Seguía siendo ese niño adolescente hace apenas unos minutos…

—No, dejaste de serlo al decidir abandonar tu viejo corazón. Eso era lo que temía Madeleine: que te convirtieras en un adulto.

Cuanto más me repito la palabra «imposible», más claro resuena la palabra «posible» en mi cabeza.

—Sencillamente estoy contándote lo que he leído sobre tu vida en el libro escrito por Méliès. Me lo dio justo antes de regresar a París.

—¿Cuándo va a volver?

—Creo que nunca volverá. Ahora es padre de dos hijos, y trabaja mucho en su idea de fotografía con movimiento.

—¿Padre?

—Al principio nos escribía todas las semanas. Ahora pueden pasar largos meses sin que tenga noticias suyas; creo que teme que le anuncie… que has muerto.

—¿Cómo que largos meses?

—Estamos a cuatro de agosto de mil ochocientos noventa y dos. Has estado en coma unos tres años. Sé que te resultará difícil creerlo. Mírate en el espejo. La longitud de tu cabello es la medida del tiempo transcurrido.

—No quiero mirar nada por ahora.

—Los tres primeros meses, abrías los ojos algunos segundos por día como mucho. Luego, un día, te despertaste y pronunciaste algunas palabras a propósito de Miss Acacia antes de regresar a los limbos.

Ante la sola mención de su nombre, toda la intensidad de mis sentimientos por ella se reactiva.

—Desde comienzos de año, tus tiempos de vigilia se han hecho más largos y regulares. Hasta hoy. A veces sucede que la gente se despierta de un coma tan largo como el tuyo, ¿sabes? Después de todo, no es más que una noche de sueño muy larga. ¡Qué extraña felicidad la de verte por fin de pie! Méliès se pondrá loco de contento... Dicho esto, es posible que sufras algunas secuelas.

—¿Cómo?

—Uno no regresa indemne de un viaje tan largo; es ya extraordinario que te hayas acordado de quién eres.

Me cruzo con mi reflejo en la puerta vidriada del taller. Tres años. El anuncio del tiempo transcurrido me perturba. Tres años. Soy un muerto viviente. ¿Qué has hecho tú durante estos tres años, Miss Acacia?

—¿De verdad que estoy vivo? ¿Es esto un sueño, una pesadilla o estoy muerto?

—Estás vivo; distinto, pero vivo.

Una vez liberado de esos horribles tubos que me pellizcaban los pelos de los brazos, intento reagrupar energías y emociones zampándome una buena comida.

Miss Acacia ha vuelto a ocupar mis pensamientos. Tampoco debo estar tan mal. Me obsesiona tan vivamente como el día de mi décimo cumpleaños. Tengo que ir en su búsqueda. De nada estoy tan seguro, salvo de lo más importante: todavía la amo. La sola idea de su ausencia reanima mis náuseas de brasa. Nada más tiene sentido si no intento encontrarla.

No tengo elección, tengo que volver al Extraordinarium.

—No deberías irte en este estado.

Me marcho sin terminar de comer, en dirección a la ciudad. Noto que mi paso es lento, apenas avanzo. El aire fresco entra en mis pulmones como bocanadas de acero y tengo la sensación de haber cumplido cien años.

El perfil de la ciudad de Granada, la cal blanca de las casas, se funde con el cielo en grandes calderos de polvo ocre. Me cruzo con mi sombra en un callejón y no la reconozco. Tampoco reconozco mi reflejo, que me parece nuevo y se estampa contra un escaparate.

Mi pelo y mi barba me dan un aspecto afable, el mismo aspecto que debió de tener Papa Noel, antes de convertirse en un señor barrigudo y de pelo cano. Pero no es solo eso. El dolor de huesos ha modificado mi forma de andar. Mis hombros parecen haberse hecho más grandes, y además los zapatos me hacen daño en los pies, parece que hayan encogido o tal vez ya son demasiado pequeños. Ante mi figura, los niños se esconden bajo las faldas de sus madres.

Al doblar una esquina, tropiezo con un cartel que representa a Miss Acacia. La contemplo largamente, temblando de deseo melancólico. Su mirada se ha afirmado, aunque sigue sin llevar gafas. Sus uñas han crecido, ahora se las pinta. Miss Acacia es aún más sublime y bella que antes, y yo parezco un hombre de las cavernas en pijama.

Cuando llego al Extraordinarium, me dirijo inmediatamente hacia el tren fantasma e inmediatamente me invaden los mejores recuerdos de aquella época. Pero también me asaltan los malos recuerdos.

Me instalo en una vagoneta cuando, de repente, veo a Joe. Sentado en el rellano, fuma un cigarrillo. El recorrido parece haberse ampliado. De súbito, descubro a Miss Acacia, sentada varias filas por detrás de mí. ¡Cállate, corazón mío! Ella no me reconoce. ¡Cállate, corazón mío! Nadie me reconoce. A mí mismo me cuesta reconocerme. Joe intenta asustarme como a los demás clientes. Por otro lado, demuestra que su talento como destripador de sueños sigue intacto cuando besa a Miss Acacia a la salida del tren fantasma. Pero yo no me dejo abatir, esta vez no. ¡Porque ahora el tercero en discordia soy yo!

La besa de nuevo. Lo hace como quien lava los platos, sin pensar en ello. ¿Cómo puede alguien darle un beso a semejante mujer sin pensar en ello? No digo nada. ¡Devuélvemela! ¡Vais a ver cuánto corazón empleo, sea del material que sea! Mis emociones se agitan, pero las contengo con todas mis fuerzas en lo más profundo de mi ser.

Sus ojos desprenden luz y sigo emocionado ante tanta belleza ¿Me reconocerá al fin?

¿Tendré la fuerza necesaria para decirle la verdad esta vez? Y si todo sale mal, ¿tendré la fuerza para ocultársela?

Joe regresa al interior del tren fantasma. Miss Acacia pasa justo por delante de mí, con sus aires de huracán en miniatura. Las volutas de su perfume me son tan familiares como una vieja sábana llena de sueños. Casi podría olvidar que ahora es la mujer de mi peor enemigo.

—¡Buenos días! —dice ella al verme.

Sigue sin reconocerme. Tres copos de plomo se posan sobre mis espaldas. Descubro un hematoma por encima de su rodilla izquierda.

Me lanzo sin saber cómo voy a aterrizar.

—Sigues sin ponerte las gafas, ¿verdad?

—Es cierto, pero no me gusta que insistan en el asunto —dice ella con una afable sonrisa.

—Lo sé…

—¿Cómo que lo sabes?

«Sé que nos peleamos por culpa de Joe y de los celos, que arrojé mi corazón a la basura a fuerza de amarte, pero que quiero volver a empezar porque te amo por encima de todo.» He aquí lo que debería decir. Tales palabras me atraviesan el espíritu, están a punto de salir de mi boca, pero no salen. Y comienzo a toser.

—¿Qué haces en pijama por la calle? ¿No te habrás escapado de un hospital?

Me habla con delicadeza, como si fuera un viejo.

—Nada de escaparse, he salido… Acabo de salir de una enfermedad muy grave…

—Bueno, pues ahora habrá que encontrarle vestuario, señor.

Nos sonreímos, como antes. Por un instante creo que me ha reconocido, en cualquier caso comienzo a tener ciertas esperanzas. Nos despedimos y regreso al taller de Méliès con mejor ánimo del que tenía.

—¡No tardes en revelarle tu identidad! —insiste la enfermera.

—Todavía un poco, el tiempo que me lleve aclimatarme de nuevo a ella.

160

—No tardes demasiado, en cualquier caso… ¡Ya la perdiste una vez escondiéndole tu pasado! No esperes a que ella te acaricie el pecho con su rostro y se dé cuenta de que ahí hay aún un reloj. Dicho eso, ¿no te gustaría que yo misma te lo sacara de una vez por todas?

—Sí, lo haremos. Pero esperaremos a que esté un poco mejor, ¿de acuerdo?

—Estás mejor… ¿Quieres que te corte el pelo y que te afeite esa barba de hombre de las cavernas?

—No, por ahora no. Pero ¿no tendría algún viejo traje de Méliès por ahí?

De vez en cuando, me escondo en un lugar clave, cerca del tren fantasma. Así nos cruzamos, como por casualidad. Poco a poco va surgiendo entre nosotros cierta complicidad, bastante parecida a la que tuvimos en el pasado y me infunde mucha confianza. Hay momentos en los que creo que ella sabe muy bien quién soy, pero no dice nada. Aunque que ese no es en absoluto su estilo.

Procuro no hostigar a Miss Acacia. Extraigo esa lección de mi primer accidente amoroso. Conservo mis viejos reflejos de hombre aventurero, pero el dolor reduce mis reflejos y mi buena predisposición.

Soy consciente de que estoy manipulando la realidad de nuevo, pero encuentro tanto placer en mordisquear las pocas migajas de su presencia al abrigo de mi nueva identidad que la idea de terminar con eso me retuerce el estómago.

Llevamos casi dos meses con esta pequeña farsa y Joe parece no darse cuenta de nada. Sigo con el disfraz de

Méliès, sus zapatos me lastiman los pies y en cuanto a
su traje, parezco un viejo pescador disfrazado de mago.
La enfermera Jehanne cree que estas metamorfosis son
consecuencia de mi largo estado comatoso. He estado
en cama durante tres años y quiero recuperar el tiempo
perdido. Tengo serios problemas en la espalda y mi mus-
culatura ha quedado atrofiada. Hasta mi rostro ha cambiado. Mi mandíbula se hace más gruesa; mis mejillas,
salientes.

—Mira por dónde, el cromañón con su traje recién
estrenado —suelta Miss Acacia al verme llegar—. Solo le
falta el peinado y habremos recuperado a un hombre
para la civilización —me canturrea hoy.

—Si me llama cromañón, nunca más me afeitaré la
barba.

Sale solo, *dragando piano*, me susurraría Méliès.

—Se la puede afeitar. Le llamare cromañón de todos
modos, si usted quiere...

Es el gran retorno de los instantes de turbación. No
puedo saborearlos enteramente, pero ya es mucho mejor que estar separado de ella.

—Usted me recuerda a un viejo amor.

—¿Más a un «viejo» o más a un «amor»?

—A los dos.

—¿Llevaba barba?

—No, pero se hacía el misterioso como usted. Se
creía sus mentiras, en fin, sus sueños. Yo pensaba que lo
hacía para impresionarme, pero él se los creía de verdad.

—¡Puede que él los creyera y que la quisiera impre-
sionar al mismo tiempo!

—Puede... No lo sé. Murió hace varios años.

—¿Murió?

162

—Sí, aún esta mañana he llevado flores a su tumba.

—¿Y si no hubiera muerto, y lo hubiese fingido para impresionarla y para que le creyera?

—Oh, sería capaz. Pero no habría tardado tres años en volver.

—¿De qué murió?

—Es un misterio. Hay gente que le vio peleándose con un caballo, otros dicen que habría muerto en un incendio provocado por él mismo involuntariamente. Yo temo que haya muerto de odio después de nuestra última discusión, una discusión terrible. Lo que es seguro es que está muerto, pues lo enterraron. Y además, si estuviese vivo estaría aquí, conmigo.

Un fantasma escondido tras su barba, he aquí en lo que me he convertido.

—¿La amaba demasiado?

—¡Nunca se ama demasiado!

—¿La amaba mal?

—No lo sé... Pero ¿sabe una cosa? ¡Hacerme hablar de mi primer amor, muerto hace tres años, no es la mejor manera de coquetear conmigo!

Sonríe.

No he logrado decirle nada. Con mi viejo corazón, habría salido solo, pero ahora todo es distinto.

Vuelvo al taller al igual que un vampiro regresa a su ataúd, avergonzado de haber mordido un cuello sublime.

«Nunca volverás a ser el que eras», me dijo Méliès antes de la operación. Los lamentos y los remordimientos se amontonan al borde de un abismo tormentoso. Apenas han pasado unos meses y ya estoy harto de mi vida baja en calorías. Una vez terminada la convalecencia, quiero volver al fuego sin mi máscara de barba y pelo revuelto. A pesar de que no me entristece hacerme un poco mayor, tengo que cruzar el cabo de esta farsa de reencuentro.

Esta noche, me acuesto con ganas de revolver entre los sueños y los recuerdos que guardo en la papelera de la pasión. Quiero ver qué es lo que queda de mi viejo corazón, el mismo con el que me enamoré.

Mi nuevo reloj apenas hace ruido, pero eso no me impide tener insomnio. El viejo está guardado en un estante, en una caja de cartón. Tal vez si lo arreglara, todo volvería a ser como antes. Sin Joe, sin cuchillos entre las agujas. Volver al tiempo en que amaba sin estrategias, cuando me arrojaba de cabeza sin miedo a estrellarme contra mis sueños ¡Volver! La época en la que no tenía miedo a nada, en la que podía subirme al cohete rosa del amor sin abrocharme el cinturón. Hoy soy más adulto, y también más razonable; pero de repente ya no me atrevo dar el gran salto hacia la que para mí tendrá siempre diez años. Mi viejo corazón, incluso abollado y fuera de mi cuerpo, me hace soñar más que el nuevo. El mío es el «de verdad». Y lo he roto como un tonto. ¿En qué me he convertido? ¿En un impostor de mí mismo? ¿En una sombra transparente?

Tomo la caja de cartón y saco delicadamente el reloj, que dejo sobre la cama. Se alzan volutas de polvo. Paso los dedos por mis viejos engranajes. Un dolor, el recuerdo de un dolor, surge de inmediato. Lo sigue una sorprendente sensación de consuelo.

En unos segundos, el reloj empieza con su tic-tac, como un esqueleto que aprendiera de nuevo a caminar, luego se detiene. Experimento un gozo que me transporta de la alta colina de Edimburgo a los brazos de Miss Acacia. Vuelvo a poner las agujas en su sitio con dos pedazos de hilo, no muy sólidos.

Me paso la noche intentando reparar mi viejo corazón de madera, y siendo el penoso chapuzas que soy, no lo consigo. Pero de madrugada estoy decidido. Iré a ver a Miss Acacia y le diré toda la verdad. Pongo otra vez mi viejo reloj en la caja. Se lo regalaré a la que se ha convertido en una gran cantante. Esta vez no le daré solo la llave, sino el corazón entero, con la esperanza de que le apetezca de nuevo reparar el amor conmigo.

Camino por la calle principal del Extraordinarium, con mis aires de condenado a muerte. Me cruzo con Joe. Nuestras miradas coinciden como en un duelo de *western*, a cámara lenta.

Ya no tengo miedo. Por primera vez en mi vida, me pongo en su lugar. Estoy en situación de recuperar a Miss Acacia, como él cuando reapareció en el tren fantasma. Pienso en el odio que debía sentir Joe en la escuela cuando yo no podía evitar hablar de ella, mientras él pasaba un calvario a causa de su partida. Ese gran bobalicón me daría hasta la sensación de parecérmele. Lo contemplo alejarse hasta que desaparece de mi campo de visión.

En el rellano del tren fantasma, aparece Brigitte Heim. En cuanto la diviso con su cabellera idéntica a los pelos de su escoba, doy media vuelta en mi camino. Sus aires de bruja amarillenta apestan a soledad. Parece tan triste como las viejas piedras que se afana en amontonar para construir casas vacías. Habría podido intentar hablarle tranquilamente, ahora que ya no me conoce. Pero la idea de escuchar su voz escupiendo ideas preconcebidas me fatiga.

—¡Tengo algo que decirte!

—¡Yo también!

Miss Acacia, o el don de hacer que mis planes no salgan como tenía previsto.

—No quiero que volvamos… Oh, ¿tienes un regalo para mí? ¿Qué hay en esta caja?

—Un corazón en mil pedazos. El mío…

—¡Eres muy perseverante, para tratarse de alguien que, se supone, no coquetea conmigo!

—Olvida al impostor que viste ayer, ahora quiero decirte toda la verdad …

—La verdad es que no paras de coquetear conmigo, con esos andares despeinados y tu traje. Pero debo reconocer que me gusta… un poco.

Tomo sus hoyuelos entre mis dedos. No han perdido nada de su tierna plenitud. Poso mis labios contra los suyos sin decir nada. La dulzura de sus labios me hace olvidar por un instante mis buenos propósitos. Me pregunto si no escuché cierto rumor metálico en la caja. El beso se termina, me deja sabor a pimiento rojo. Un segundo beso toma el relevo. Más intenso, más profundo, de los que conectan la electricidad de los recuerdos, tesoros huidos a seis pies bajo la piel. «¡Ladrón! ¡Impostor!», susurra la parte derecha de mi cerebro. «¡Espera! ¡Lo hablamos ahora mismo!», responde mi cuerpo. Mi corazón está encabritado en extremo. Late desbocado y silencioso con todas sus fuerzas. El gozo puro y simple de reencontrarme con su piel me embriaga. Son insoportables la alegría y el sufrimiento simultáneos. Normalmente paso de la alegría a la tristeza como la lluvia después del buen tiempo. Pero en ese preciso instante los rayos laminan el cielo más azul del mundo.

—Yo pedí la palabra primero… —me dice ella separándose tristemente de mis brazos–. No quiero seguir viéndote. Me doy cuenta de que hace algunos meses que nos rondamos, pero estoy enamorada de otro, y desde mucho tiempo atrás. Comenzar una nueva historia sería ridículo, lo siento muchísimo. Todavía estoy enamorada…

—De Joe, ya lo sé.

—No, de Jack, el viejo amor del que te hablé, aquel al que a veces me recuerdas.

El big bang intersideral de las sensaciones invierte mis conexiones emocionales. Las lágrimas acuden sin avisar, cálidas y largas, imposibles de contener.

—Lo siento, no quería hacerte daño, pero ya me casé con alguien de quien no estoy enamorada, no quiero volver a empezar —dice ella, rodeándome con sus brazos de pajarillo delgado.

Mis pestañas deben de estar escupiendo arcoíris. Tomo coraje a dos manos para agarrarme a la caja que contiene mi reloj-corazón.

—No puedo aceptar regalos de tu parte. Lo siento de verdad. No hagas las cosas más difíciles de lo que ya lo son.

—Ábrelo de todos modos, es un regalo muy especial. Si tu no lo aceptas, no le servirá a nadie más.

Asiente, visiblemente incómoda. Sus hermosas uñas cuidadosamente pintadas rasgan el papel. Finge una sonrisa. Es un momento precioso. ¡Regalarle un paquete con el verdadero corazón de uno a la mujer amada no es poca cosa!

Sacude la caja, poniendo cara de querer adivinar el contenido.

—¿Es frágil?

—Sí, es frágil.

Su apuro es palpable. Abre poco a poco la tapa de la caja. Sus manos se hunden hasta el fondo del cartón y se hacen con mi viejo reloj-corazón. La parte alta de la esfera aparece a la luz, luego el centro del reloj y sus dos agujas de nuevo pegadas.

Ella observa. Ni una palabra. Revuelve con nerviosismo en su bolso, extrae un par de anteojos que pone con torpeza sobre su incomparable naricilla. Sus ojos escrutan cada detalle. Hace girar las agujas en el buen y luego en el mal sentido. Sus gafas se empañan. Sacude la cabeza despacio. Sus gafas están empañadas. Sus manos tiemblan. Están conectadas al interior de mi pecho. Mi cuerpo registra sus movimientos sísmicos, los reproduce. No me toca. Mis relojes resuenan en mí, sacudidos por el temblor que se amplifica.

Miss Acacia deja suavemente mi corazón sobre el tapial contra el cual nos hemos estrechado tantas veces. Alza la cabeza hacia mí, por fin.

Sus labios se entreabren y susurran:

—Todos los días, he ido todos los días. ¡Puse flores en tu maldita tumba durante tres años! ¡Desde el día de tu entierro hasta esta mañana! Hace un momento estaba ahí. Pero esta ha sido la última vez... A partir de ahora ya no existes para mí...

De buenas a primeras, gira sobre sus talones y pasa más allá del tapial, lentamente. El reloj de mi corazón está todavía ahí encima, sus agujas apuntando hacia el suelo. La mirada de Miss Acacia me atraviesa sin cólera; efectivamente, ya no existo. Se pierde, como un pájaro triste sobre la caja de cartón, luego alza el vuelo hacia ese cielo cuyas puertas estarán cerradas para mí a partir de ahora. Muy pronto, ya no veré sus apetitosas nalgas balancearse, ni el movimiento de capa de su falda hará desaparecer sus piernas, y no quedará más que el ligero ruido de sus pasos. Su silueta no tendrá más de diez centímetros. Nueve centímetros, seis, apenas el tamaño de un cadáver para caja de cerillas. Cinco, cuatro, tres, dos...

Esta vez no volveré a verla jamás.

El reloj mecánico de la doctora Madeleine continuó su viaje fuera del cuerpo de nuestro héroe, si es que podemos llamarle así.

Brigitte Heim fue la primera en advertir su presencia. Sobre el tapial, el reloj-corazón tenía aspecto de juguete para los muertos. Decidió rescatarlo para completar su colección de objetos insólitos. El reloj descansa en el suelo del tren fantasma, entre dos cráneos seculares.

El día en que Joe lo reconoció, perdió su poder para asustar. Una noche, después del trabajo, decidió desembarazarse de él. Tomó la ruta del cementerio de San Felipe con el reloj bajo el brazo. Señal de respeto o solo superstición —nunca lo sabremos—, fue quien dejó el reloj sobre la tumba, actualmente abandonada, de Little Jack.

Miss Acacia abandonó el Extraordinarium en el mes de octubre de 1892. Ese mismo día de octubre, el reloj desapareció del cementerio de San Felipe. Joe prosiguió su carrera en el tren fantasma, hechizado él mismo hasta el fin de sus días por la pérdida de Miss Acacia.

Por su parte, Miss Acacia hizo crecer su fama y su belleza por los cabarets de toda Europa. Diez años más tarde, la habrían visto en una sala de cine en la que se proyectaba *El Viaje a la Luna*, de un tal Georges Méliès, convertido en el mayor precursor del cine de todos los tiempos, el inventor absoluto. Miss Acacia y él se habrían entrevistado durante algunos minutos después de la sesión. Él le habría facilitado un ejemplar de *El hombre sin trucos*.

Una semana más tarde, el reloj regresó a la superficie en el rellano de la vieja casa de Edimburgo, envuelto en un pañuelo. Se diría que la cigüeña acababa de dejarlo.

El corazón permaneció varias horas plantado en el felpudo antes de ser recogido por Anna y Luna las cuales habían recuperado la casa deshabitada para convertirla en un orfanato que acogiera hasta a los niños viejos como Arthur.

Tras la muerte de Madeleine, el óxido había invadido su columna vertebral. Al menor movimiento, rechinaba. Comenzó a tener miedo del frío y de la lluvia. El reloj terminó su andadura en la mesita de noche de Arthur, junto con el libro que habían puesto también en el paquete.

Jehanne d'Ancy no volvió a ver el reloj, pero encontró al fin el camino hacia el corazón de Méliès. Terminaron su vida juntos, regentando un puesto de venta de bromas y juguetes cerca de la estación de Montparnasse. Todo el mundo había olvidado al gran Méliès, pero Jehanne continuaba escuchando con pasión sus historias del hombre con un corazón de reloj y otros monstruos disfrazados de sombra.

En cuanto a nuestro «héroe», creció, no dejó nunca de crecer. Pero jamás se recupero de la pérdida de Miss

Acacia. Salía todas las noches, solo de noche, para deambular por los alrededores del Extraordinarium, a la sombra de las barracas de espectáculos. Pero el semifantasma en que se había convertido no volvió a traspasar su dintel.

Regresó entonces sobre sus pasos hasta Edimburgo; la ciudad era idéntica a la de sus recuerdos, el tiempo parecía haberse detenido. Trepó a lo alto de la colina como cuando era un niño. Grandes frascos llenos de agua se posaron sobre sus espaldas, pesados como cadáveres. El viento lamía el viejo volcán de pies a cabeza, su lengua helada destripaba la bruma. No era el día más frío de la historia, pero no andaba lejos de serlo. Al fondo de la ventisca, muy al fondo, resonó un ruido de pasos. En el lado derecho del volcán, creyó reconocer una silueta familiar. Una cabellera de viento y ese famoso paso de muñeca enfurruñada a penas desarticulada. Aún un sueño que se mezcla con la realidad —se dijo a sí mismo.

Cuando empujó la puerta de su hogar de infancia, todos los relojes de Madeleine estaban en silencio. Anna y Luna, sus dos tías abigarradas, tuvieron todas las dificultades del mundo en reconocer a quien ya no podían llamar en serio «*little* Jack». Fue necesario que cantara algunas notas de «Oh When the Saints» para que le abrieran sus brazos escuálidos. Luna le explicó despacio el contenido de la primera carta, la que jamás llegó, confesándole de paso que las siguientes las habían escrito ellos. Antes de que el silencio hiciera estallar las paredes, Anna tomó con fuerza la mano de Jack y le condujo a la mesita de noche de Arthur.

El viejo le desveló el secreto de su vida.

«Sin el reloj de Madeleine, no habrías sobrevivido al día más frío del mundo. Pero al cabo de unos meses tu corazón se bastaba a sí mismo. Ella habría podido sacar el reloj, como hacía con los puntos de sutura. Tendría que haberlo hecho, en realidad. Ninguna familia se atrevía a adoptarte a causa de ese artilugio tic-taqueante que salía de tu pulmón izquierdo. Con el tiempo, se encariñó contigo. Madeleine te veía como una cosita frágil, que había que proteger a cualquier precio, ligada a ella por ese cordón umbilical en forma de reloj.

»Temía terriblemente el día en que te convertirías en un adulto. Intentó ajustar la mecánica de tu corazón de modo que pudiera conservarte para siempre cerca de ella. Nos había prometido hacerse a la idea de que tal vez tú también llegarías a sufrir por amor, pues la vida está hecha así. Pero no lo consiguió.»

Por el cuidado, el ajuste y los maravillosos giros de llave dados al reloj-corazón de este libro, gracias a Olivia de Dieuleveult y a Olivia Ruiz.

La Mecánica del corazón
de Mathias Malzieu
se terminó de imprimir en **Abril** 2010 en
Drokerz Impresiones de México S.A. de C.V.
Venado N° 104, Col. Los Olivos
C.P. 13210, México, D. F.